福尔摩斯探案全集

血字的研究

〔英〕阿瑟·柯南·道尔 著
陈晓怡 译

人民文学出版社
PEOPLE'S LITERATURE PUBLISHING HOUSE

图书在版编目(CIP)数据

血字的研究 /(英)阿瑟·柯南·道尔著;陈晓怡译.—北京:人民文学出版社,2017
(福尔摩斯探案全集)
ISBN 978-7-02-012316-2

Ⅰ.①血… Ⅱ.①阿… ②陈… Ⅲ.①侦探小说-英国-现代 Ⅳ.①I561.45

中国版本图书馆 CIP 数据核字(2017)第 022129 号

责任编辑　甘　慧　汤　淼
装帧设计　高静芳

出版发行　人民文学出版社
社　　址　北京市朝内大街 166 号
邮政编码　100705
网　　址　http://www.rw-cn.com

印　　制　山东德州新华印务有限责任公司
经　　销　全国新华书店等

字　　数　98 千字
开　　本　890 毫米×1240 毫米　1/32
印　　张　4.75
版　　次　2018 年 1 月北京第 1 版
印　　次　2018 年 1 月第 1 次印刷

书　　号　978-7-02-012316-2
定　　价　28.00 元

如有印装质量问题,请与本社图书销售中心调换。电话:010-65233595

目 录

千古神探——柯南·道尔与福尔摩斯 /1

第一部 前陆军医院约翰·华生医生回忆录 /1

1 夏洛克·福尔摩斯 /3

2 演绎学 /13

3 劳里斯顿花园奇案 /25

4 约翰·兰斯的叙述 /38

5 广告引来神秘怪客 /47

6 格雷格森炫耀战果 /55

7 黑暗中的一道曙光 /66

第二部 圣徒之国 /77

1 广袤的荒原 /79

2 犹他州的一朵花 /90

3 费里尔和先知的谈话 /98

4 展翅投奔自由 /104

5 复仇天使 /114

6 约翰·华生医生回忆录续篇 /124

7 结论 /136

千古神探——柯南·道尔与福尔摩斯

柯南·道尔，一八五九年出生于英国苏格兰爱丁堡附近的皮卡迪普拉斯，其父为建工部公务员。柯南·道尔十一岁时进入全英最著名的耶稣会学校斯托尼赫斯特学院就读，十七岁进入爱丁堡大学医学院，一八八五年获得医学博士学位，同年与露易丝·霍金斯小姐结婚。

柯南·道尔从小热爱文学，开业行医期间，仍不断向《康希尔》杂志投稿。他非常热爱阅读侦探小说之父埃德加·爱伦·坡的作品，因而对侦探科学产生兴趣。他在爱丁堡大学读书时，非常崇拜一位名叫约瑟夫·贝尔的教授。贝尔教授有一个特殊的能力，他不仅能立刻诊断出一位初次见面的病人的病症，还能准确说出病人的个性、生活习惯、职业等。柯南·道尔根据贝尔教授的形象，塑造出侦探小说中一个无可取代的典型人物——福尔摩斯。在柯南·道尔第一部侦探小说《血字的研究》中，福尔摩斯一出场，便以这种神秘而特殊的能力，令他日后的搭档华生医生瞠目结舌。

《血字的研究》完成之初，并未立即受到出版商青睐。此书经历一波三折之后才得以出版，随即受到广大读者喜爱，福尔摩斯从此与世人见面。一八九〇年，第二部作品《四签名》问世，同样获得热烈回响。一八九一年初，柯南·道尔毅然决定弃医从文，致力于文学创作。尽管他发表过许多其他冒险故事和历史小说，但读者最钟爱的还是他以福尔摩斯为主角的系列侦探小说。此系列作品共有四部长篇、五十六个短篇，后人将其辑为《福尔摩斯探案全集》。

柯南·道尔成功塑造了福尔摩斯这个人物，他以非常准确而真实的笔触描写这位冷静、机智又勇敢的神探。在他的笔下，福尔摩斯仿佛和我们生活在同一个时代，我们哪天走在街上也许就会与他擦身而过。他住在贝克街二二一号B，每天早上房东太太兼管家为他准备早餐，他边吃早餐边看《每日电讯报》及其他一些大众报刊。他出门时乘坐当时的大众交通工具火车或马车；喜欢散步，走遍伦敦大大小小的街道；对自己独特的本领非常骄傲。福尔摩斯虽为虚构人物，但鲜活得仿佛一直真实地存在着。

福尔摩斯在小说中是法国乡绅后裔，热爱音乐，喜欢思考，经常利用他所能取得的资料研究一切有关医学和侦探科学的问题。他善于观察，分析问题时头脑冷静，能将各种线索系统地联系起来，然后再抽丝剥茧，使案情明朗化，而他的每次的推理都能合情合理，毫不牵强。

柯南·道尔在一八九三年发表《最后一案》，让福尔摩斯坠入深渊身亡，但随即引起广大读者强烈抗议。有人写信指责柯南·道尔是"凶手"、"畜生"，两万多人取消订阅连载福尔摩斯故事的《岸边》杂志，就连作者的母亲也提出抗议，甚至有人为福尔摩斯服丧哀悼。但一直到一九〇三年，柯南·道尔才借《空屋》这篇故事让福尔摩斯戏剧性地复活。

时至今日，福尔摩斯已经成为侦探的同义词，没读过福尔摩斯探案故事、没读过侦探小说的人，也知道福尔摩斯这个人物。在正统文学史上，侦探小说或许无立足之地，但西方一些文学批评家开始给予柯南·道尔侦探小说新的评价。但无论如何，《福尔摩斯探案全集》历经百余年仍受到全世界读者的喜爱，越来越多的人在福尔摩斯探案故事的影响下创作侦探小说，柯南·道尔和福尔摩斯这两个名字，将继续世代相传。

第一部

前陆军医院约翰·华生医生回忆录

1 夏洛克·福尔摩斯

一八七八年我在伦敦大学拿到医学博士学位，然后去奈特利继续学习军医资格指定课程。课程一结束，我就被分配至诺森伯兰第五燧发枪团，担任助理外科医生。当时军团的基地在印度，就在我正式上任前夕，第二次阿富汗战争如火如荼地展开了。我一抵达孟买，便得知我的军团早已破除重重障碍，进入敌国纵深地带。我因为与一批赶路的军官同行，所以安全抵达了军团驻扎地坎达哈。我一落脚，工作便接踵而来。

这次战役让许多人升了官，但对我而言，却只是一连串的噩梦与灾难。首先，我奉派调往巴克夏军团，刚好遇上决定性的迈万德会战。在那场生死交关的会战中，我肩膀中弹，肩骨被子弹打得粉碎，锁骨下的动脉也受到波及。还好，我的传令兵默里智勇双全且忠心耿耿，他在最危急时刻将身受重伤的我扛到一匹驮马身上，让我不至于落入凶狠的加吉斯军队之手。于是，我借助一匹驮马，安全逃回英军阵地。

肩伤令我疼痛难当，逃亡又让我疲惫不堪，最后我上了一列满载伤员的火车，被转移到白沙瓦的基地医院。我在那里恢复得不错，可以在病房里散散步，在阳台上晒晒太阳，但接着我又感染了印度流行的肠热病。数月接二连三的灾难，使我绝望到极点。我终于逐渐康复时,医委会却因为我实在太过虚弱,而且憔悴不堪,决定立刻将我送回英格兰。因此,我又被送上"奥龙特斯"号运兵船,在海上航行了一个月,回到祖国的朴茨茅斯港口。我带着被战争百般摧残的躯体,回到温暖的家乡,健康状况和出国前悬若天壤。通过父亲在军中的朋友,我获得特殊许可,可以安心静养九个月。

我在英格兰举目无亲,每天又有十一先令六便士收入,因此可以说自由得像小鸟一般。在这种情况之下,我自然加入帝国无所事事的闲汉之列,一头栽进伦敦城这个大粪池中。我在市区河岸街的一个小旅馆住了一段时间,整日什么也不干,只是游荡享乐。那笔薪水足够我快活。我直到口袋里的钱已经所剩无几,才警觉到事态严重。我要么马上离开伦敦,到便宜的乡下找个地方住,要么即刻改掉挥霍的毛病,否则,我不久就得流落街头。我思来想去,决定尽快搬离河岸街的旅馆,找个便宜些的住处。

决定搬家那天,我跑到一家叫做"标准"的小酒馆准备小酌一杯。突然有个人拍我的肩膀,我转身一看,发现站在我眼前的,是我在巴茨医院时的助手斯坦福。一个寂寞落魄的异乡男人,在这扰攘的伦敦看到熟悉的脸孔,实在感到慰藉。其实我在医院的那段时间,和斯坦福一点都不熟,但是现在我热烈地跟他打招呼,他似乎也很高兴能遇到我。我实在太兴奋了,兴致勃勃地邀他到霍尔本一带共进午餐。我们在门口叫了一辆马车,离开酒馆。

"你最近怎么了,华生?"马车嘎嘎作响地穿过伦敦市区时,斯坦福好奇地盯着我问,"你怎么会瘦成这样,还晒得像木炭似的?"

我大略将凄惨经历讲给他听，故事还没讲完，我们就已经到达目的地。

"可怜的男人！"他听完我的惨痛经历，同情地说，"那你现在有什么打算？"

"找住的地方，"我回答他，"我正在寻找一个不太贵但住起来又舒服的地方。"

"真是奇怪了，"斯坦福说，"你是今天第二个对我说这句话的人。"

"那第一个人是谁？"我问他。

"一个在医院化学实验室上班的人。他早上跟我抱怨说，他找到了一个很好的房子，却找不到室友分摊房租。"

"天啊！"我高兴地叫道，"如果他真的要找室友分摊房租，那找我就对了，有个室友总比一个人住好。"

年轻的斯坦福手拿酒杯，表情怪异地看着我。

"你还不认识夏洛克·福尔摩斯先生，"他说，"也许你不会想找他当室友。"

"为什么？他有什么怪癖吗？"

"喔！我没说他有怪癖，只不过他有一些很怪异的想法，算是科学领域的激进分子。不过，在我看来，他还算是一个蛮正派的人。"

"我想，他是医学院的学生吧？"我问。

"这我就不清楚了，我不知道他到底在研究什么，但我相信他在解剖学领域一定有精深的研究，而且也是一流的化学家。不过，就我所知，他从来没有在正式的医学院拿过学分，他研究的东西也都很零散而且古怪，但是他累积下来的那些荒诞的研究结论，足以让医学院的教授瞠目结舌。"

"你问过他在研究什么吗？"我问。

"没有，他不是一个有问必答的人，不过他如果对话题感兴趣，也会和你滔滔不绝地聊个不停。"

"我倒想见见他，"我说，"如果我真要找室友，宁可找一个喜欢研究学问而且安静的人，现在的身体状况还不容许我跟一个外向活泼、喜欢刺激的人住在一起。阿富汗战争已经让我经历了太多刺激，足够让我回味一辈子了。我怎么才能见到你的朋友呢？"

"你一定能在实验室找到他，"斯坦福答道，"他要不几个星期不去实验室，要不就没日没夜地待在那里工作。如果你愿意，我们吃完饭就去实验室看看。"

"好啊！"我说，接着我们就聊别的事情了。

饭后，在我们离开霍尔本前往医院的途中，斯坦福再次向我大略描述我这位未来室友候选人。

"如果你和他处得不好，可不能怪我喔！"他说，"我也不过偶尔在实验室见到他时和他随便聊几句，对他的了解并不深，是你自己想找他当室友，有什么问题我可不负责。"

"如果我们处得不好，分道扬镳就好了，"我回答他，"但是，斯坦福，"我接着说，严肃地看着眼前的这位朋友，"我觉得事情似乎并没有这么单纯，否则你不会现在就急着撇清关系。这个人的脾气是不是非常暴躁什么的？讲话不要这样吞吞吐吐的。"

"有些事情讲不清楚啦！"他笑着说，"我个人觉得，福尔摩斯这个人太过科学了一些，我想大概只有冷血的人才能跟他处得来。我想他也许会为了试验药效，拿着一小撮最新发现的植物碱，说服朋友吃下去。但他不是恶意将朋友当成小白老鼠，你知道吗？他只是求知欲太强，追求真理的科学精神常让他忘了人情世故。我想如果叫他自己将药吃下去，他一定也会欣然接受。平心而论，他不过是一个追求真理的科学家罢了。"

"你说的有道理。"

"对啊！只不过他有时太过分了些。上次他在解剖室用木棒猛打一具尸体这件事，就有点说不过去。"

"打尸体？"

"是啊！他想确定人死后受到外力重击时，瘀伤的程度有多深。这是我亲眼看到的。"

"但是，你刚才说他不是医学院的学生？"

"他的确不是，所以天知道他到底在研究什么。我们已经到了，你自己和他聊聊吧，看看有什么印象。"他正说着，我们的马车已转进一条小巷，接着经过医学院的一扇小边门。医学院的建筑结构我再熟悉不过了，我们先沿着阴暗的石阶往上走，阶梯上去是一条长廊，长廊两侧是雪白的石灰墙，石灰墙上点缀着各个办公室暗褐色的大门。长廊尽头是另一道天花板较低的拱形走廊，通往化学实验室。化学实验室真是个高尚的研究场所，满屋子的玻璃瓶罐，分不清哪些是垃圾哪些是做实验用的。许多张宽大的矮桌子杂乱地放置其中，桌上散置着许许多多蒸馏瓶、实验试管，以及还在烧着蓝色火焰的本生灯。实验室里只有一个学生，正俯在房间最里面的一张大桌子后面专心做实验。他听到我们的脚步声，突然转过身，高兴得跳起来。"我找到了！我找到了！"他又叫又跳，手里还拿着一个试管，兴奋地跑到我们面前，"我找到一种只会被血色素沉淀出来的试剂。"看他那兴奋的样子，好像找到的是金矿。

"这位是华生医生，这位是夏洛克·福尔摩斯先生。"斯坦福替我们两个人做了介绍。

"你好。"福尔摩斯热情地跟我问好，沉稳有力地和我握手。他这样握手，让我无法确定他是不是个诚恳的人。

"我看得出来，你刚参加过阿富汗战争。"

"天啊！你怎么知道的？"我惊讶地问。

"算了，这没什么了不起的，"他笑着说，"现在的重点是血色素，你能看得出来我这项发现的重要性吗？"

"从化学上来说，这个发现的确很有趣，"我答道，"但是似乎没有什么实用……"

"拜托，老兄，这是医学界这几年来最有实用价值的发现了。难道你看不出这项发现能让我们更准确地检验血液斑点？来，跟我来。"他扯着我外套的袖子，急切地将我拉到他刚才工作的桌子旁边。"让我们弄点鲜血出来。"他说道，随即将一支又长又粗的针刺进自己的手指头，将瞬间渗出来的鲜血吸进化学用吸量管。"现在我将这一点点鲜血加进一公升的清水里。你一定以为混合后的结果，清水还是清水，因为鲜血占清水的比例还不到百万分之一。但是，我相信现在我们一定能获得一个比较不一样的结论。"他在说话的同时，将一些白色的结晶体放进一个空玻璃容器里，接着将刚才的透明混合液体滴了几滴在玻璃容器里。就在他滴下去的那一刹那，容器里马上呈现模糊的红褐色，接着玻璃瓶底便出现了一些浅褐色的沉淀物。

"哈哈！"他兴奋地拍手叫道，像一个小孩拿到新玩具般兴高采烈，"你觉得怎么样？"

"这似乎是一个蛮精巧的试验。"我说。

"太棒了！真是太棒了！传统的愈疮木实验不止烦琐，还存在不确定性，用显微镜检查红血球也是一样，尤其当血迹斑点已经存在数小时之久后，显微镜对红血球根本毫无用处。而你眼前的这个实验，不管血是新是旧，都可以用。如果这个结果早点被发现，那些逍遥法外的罪犯早就被抓起来了。"

"你说的没错。"我轻声说道。

"对于刑事案件来说，血迹斑点永远都会是破案的关键。嫌犯有可能在犯罪后好几个月才被认定，那时候才会有人搜查他的衣服或是床单，然后才会发现布料上有浅褐色的斑点。这斑点是血迹呢？还是泥土、铁锈、果汁的斑点？这个问题一直让许多专家伤透脑筋。为什么？因为现有的检验方法都不够可靠，现在我们有了夏洛克·福尔摩斯检测法，以后这些难题都将迎刃而解。"

他说这段话时，眼睛里闪耀着自信的光芒。他讲完话还将右手轻轻地放在左胸口，深深一鞠躬，好像现场有数千万观众亲眼目睹了这场精彩的魔术表演，并且对他报以热烈的掌声。

"你的确是了不起。"我向他祝贺。他对于整个实验过程与结果的热切，比试验本身更让我惊讶。

"如果这个检测法早一些被发现，去年在法兰克福作案的冯·比朔夫，早就被砍头了。布拉德福德的梅森案，杀人魔穆勒案，蒙彼利埃的勒费夫尔案，以及新奥尔良的萨姆森案，这些案子的关键都在血液检验，我还可以再举出一大堆案子。"

"你简直就是罪案活词典，"斯坦福笑着说，"你可以办一份报纸，名字就叫《刑案故事报》。"

"这样一份报纸读起来肯定很有趣。"福尔摩斯一边说一边将一小块膏药贴在手指的伤口上。"我必须小心一点，"他继续说道，笑着转向我，"因为我常常跟毒药打交道。"他将手伸到我眼前，我发现他整只手上贴满了大小相似的膏药，而手臂很显然被强酸侵蚀过，颜色淡了许多。"我们今天是来谈正事的，"斯坦福说，在一张三脚高凳上坐下来，同时用脚将另外一张一样的凳子推给我，"我这位朋友正在找房子，而你在抱怨找不到室友，所以我想你们两人应该见见面。"福尔摩斯听到我有可能成为他的室友，似乎非常高兴。"我看中了贝克街的一套房子，"他说，"我们两个住进去应该会很合适。我的烟瘾很重，你应该不会介意吧？"

"我自己也抽烟。"我回答。

"那太好了。我是搞化学的，有时候会在家里做实验，你介意吗？"

"当然不会。"

"嗯，让我想想看，我还有什么怪癖。我这个人有时很沉闷，可能会好几天不说话，碰到这种情形你不要以为我在生气，别理我，我过几天就会好了。你有什么要招的吗？我想两个人住在一起，双方先把自己最坏的一面讲出来，以后就不会有不适应的问题了。"

他这样突如其来地反问，让我觉得非常好笑。"我养了一条小牛头犬，"我说，"而且因为健康的关系，我无法忍受噪声。我的作息时间极端不正常，而且我非常非常懒惰。等我身体完全康复以后，可能还会有一些别的问题，不过目前大概只有这些了。"

"拉小提琴对你来说也算是一种噪声吗？"他紧张地问道。

"那要看是谁在拉，"我回答说，"优秀的小提琴手拉出来的是天籁之音，不过差劲的就……"

"喔！我的水平还好，"他叫道，开心地笑着，"你看了房子之后觉得满意，我想事情就可以定下来了。"

"我们什么时候去看房子？"

"你明天中午打电话到实验室来找我，我们一起过去，然后再打点剩下的事情。"他答道。

"就这么说定了，明天中午。"我说，和他握了握手。我们为了让他继续做实验，便离开了实验室，走去我下榻的旅馆。

"喔！对了，"途中我突然停下来，问斯坦福道，"他到底是怎么知道我参加过阿富汗战争的？"

跟我一起步行的同伴脸上闪过一抹神秘的笑容。"这就是他怪异的地方，"他说道，"很多人都很想知道他怎么会有这种超能力。"

"哇！挺神秘的嘛！"我叫道，兴奋地搓搓手，"他蛮有趣的。我很高兴你能介绍我们两个人认识。你知道吗？'研究人类得从人类开始'。"

"那么你就好好研究他吧。"斯坦福说,接着跟我道别。

"不过你迟早会发现他是一个麻烦人物,我打赌你在将他研究透彻之前,他已经对你了如指掌了。再见。"

"再见。"我回答他,继续往旅馆走去,一边想着今天认识的新朋友的确是一个很特别的人。

2 演绎学

　　我们按照约定第二天见面，一起到他说的贝克街二二一号B看房子。他看上的这套公寓包括两间舒适的卧室，以及一间通风良好的大起居室。起居室里已经摆放了一些色彩亮丽的家具，两扇大窗户使得整个起居室显得明亮洁净。房子看起来实在是太完美了，格局的隐密性十分不错，适合两个互不认识的人住在里面，因此我们当场决定租下来。当天晚上我就将我的东西从旅馆搬到公寓，第二天早上福尔摩斯也把好几个箱子与旅行皮箱搬进来。刚开始的一两天，我们各自忙着拆箱、整理私人物品、将东西归放在适合的位置，尽可能让屋里所有的空间都能被有效利用。我们做完这些事情才放松下来，慢慢适应了新家。

　　福尔摩斯其实并不难相处。他是一个很安静的人，生活很有规律。他每天晚上大约十点就寝，早上一定要吃早餐，然后在我还没起床时就出门了。他有时整天待在实验室，有时去解剖室，有时花一整天的时间散步，足迹遍及城市的每一个角落。他一旦开始工作，会爆发出无穷的精力，专心致志，但是过一段时间，他可能又会毫无来由地好几天都躺在起居室的沙发上，从早到晚不说一句话，动也不动，像个死人一般。他躺着不动时，我发现他的眼里，透露出空洞而且梦幻的神情，好像一个毒瘾很重的人正优游在迷幻的世界里，但是大脑理智的部分又提醒他必须保持清醒，于是在两者作用之下，产生了我眼前这个躺在沙发上、似醒似睡的怪人。

几个星期过去了，我对他这个人，以及他的人生追求越来越有兴趣。任何人都会被他的长相吸引。他身高超过六英尺，瘦如排骨的身材让他看起来更高。他卧在沙发上冬眠时，我注意到他的双眼锐利得似乎可以刺进人的心里，又瘦又挺的鹰钩鼻使他看起来富有果断力和警戒心。他那又方又正的下巴，也显示他是一个有决心的人。他的双手布满墨水以及各种化学药剂的污痕。但是我发现他在操作实验器材时双手极度灵巧，动作柔美。

读者读到这里，一定觉得我是一个穷极无聊的人，对一个人这么好奇，还在他沉思时观察他的表情。但是，请大家在嫌弃我之前，先想想我现在的状况：生活枯燥而且没有目标，整天无聊至极，几乎没有什么事情能引起我的注意。我身体虚弱，天气暖和时才能到户外走走，其他的日子我被迫待在家里。也没有朋友会来拜访我，打破我这种单调的生活状态。在这种悲惨的情况下，我身边住着这么一个有趣且神秘的人，我的好奇心当然被激发了出来。我用仅存的精力来研究这位室友，希望能揭开他的神秘面纱。

斯坦福说得没错，他不是在学习医学，但在研究什么。他显然不是在进修任何一个学位的课程，或者研究某一种特殊的学问。他不是在拿学位，也不是在考执照。但是他对于某些研究领域的热衷是一般人所不能及，而且他在某些问题上表现出的丰富知识与细微的洞见，常常让我惊讶不已。普通人除非有什么特定的目的，否则不会这么努力地寻求事情的真相。我想平凡如你我不会随便质疑我们日常生活中所学的东西的真实性，不会为了一些平凡无奇的小事给自己找麻烦，除非有非常重要的理由。

让我惊讶的不只是他在某个领域的丰富知识，还有他对于其他一些领域的一无所知，举凡文学、哲学与政治，他所知几乎为零。有一次我提到苏格兰著名历史学家汤姆斯·卡莱尔的名言时，福尔摩斯竟然很天真地问我卡莱尔是谁，他是做什么的之类最初浅的问题。最让我觉得不可思议的，有一次我无意中发现，他竟然不知道哥白尼是谁，更不知道太阳系是什么样子。我以为身处十九世纪，地球上任何一个文明人都应该知道地球绕着太阳转这个事实，我以为这是基本常识。但是福尔摩斯竟然毫无所知，这实在是太让我惊奇了。

"你看起来好像很惊讶，"他看到我惊讶得瞪大双眼，笑着说，"好了，现在我知道了，我会努力把它忘记的。"

"把它忘了？"

"你看，"他解释说，"我以为人的大脑原本就像一个空荡的阁楼，你必须自己将喜欢的家具搬进去，布置成你要的格局。愚蠢的人才会吸收一大堆杂乱无章的垃圾知识，然后当他想吸收真正有用的东西时，才发现大脑已经不堪重负。或者即使大脑还有空间，但新旧知识会全部混杂在一起，他真的要用时，根本不知道去哪里找有用的知识。一个谨慎的人，会很小心地选择他要搬进大脑阁楼的家具，绝对只会搬对他的工作有用处的东西，而且会将现有的空间利用到极致。如果有人以为那小小的阁楼的墙壁非常有弹性，容量可以无限延伸，那就大错特错。人往往在吸收了新的知识时忘记了以前记住的东西。所以，千万要记住，绝对不要顾此失彼，为了保留垃圾，而弃珍品于不顾。"

"老兄，我说的是太阳系啊！"我抗议道。

"那关我什么事啊？"他不耐烦地打断我的话，"你说地球绕着太阳转，很好。但是如果地球今天变成绕着月亮转，对我或我正在做的事情，不会有一丁点的影响。"

我本来准备问他正在做什么事，但是，他刚才讲话的口气让我觉得现在提出这个问题似乎是不智之举。但是我仔细将刚才的短暂对话推敲了一遍，试图演绎出一套逻辑来。他说他不需要知道跟他工作没有关系的事情，所以他现在脑子里装的全是对他有用的东西。我在心里默默列举出这段时间他表现出的专精的领域，然后拿了一支铅笔写下来。我写完之后，不禁对着满满一整页的成果会心一笑。具体如下：

夏洛克·福尔摩斯"学问表"

一、文学常识——零。

二、哲学常识——零。

三、天文学常识——零。

四、政治学常识——极弱。

五、植物学常识——不一定。对颠茄、罂粟等有毒植物非常精通，但对于日常生活中的花花草草一窍不通。

六、地质学常识——限于实用性知识，但所知也有限。一眼就能看出不同种类的土壤。有好几次，他在散步回家后，要我看溅在他裤管上的泥土,然后他会告诉我这些土壤的颜色与组成,以及他是在伦敦哪一个区域沾上这些泥土的。

七、化学常识——非常精深。

八、解剖学常识——准确,但是没有系统。

九、耸动文学常识——丰富。他似乎对本世纪每一桩恐怖刑案的细节都了如指掌。

十、小提琴拉得很好。

十一、对木剑、拳击、刀剑术都很内行。

十二、对英国法律判例有相当程度的了解。

我列完表后,绝望地将整张纸扔到火炉里。"如果光凭这张表就能知道他在做什么,进而判断出他是干哪一行的,那就好了,"我告诉自己,"我也许应该立即放弃这个工作。"

我前面已经提到,他小提琴拉得很好。他精通小提琴这一点,和他精通其他知识一样让人难以理解。他不只会普通的曲子,艰深的曲子也能演奏,因为我曾请他演奏门德尔松的《无言歌》,及其他几首我喜欢的曲子。不过,他独自一人时很少演奏音乐,更不用说拉些脍炙人口的曲子。傍晚,他会闭着眼睛斜倚在自己的单人沙发上,有意无意地拨弄膝盖上的那把小提琴。有时候和弦听起来铿锵响亮,但带点阴郁,有时候却又愉快且活泼。很显然,音乐反映了他当时的心情,不过,到底是音乐帮助了他思考,抑或只是他脑海里某一个奇特想法的结果,我就不知道了。他拉出的那铿锵激昂的乐曲有时让我觉得很不舒服,但他常常在快节奏的音乐后面连续拉好几首我喜欢的曲子，算是对我超强忍耐力的补偿。

刚搬进去的第一个星期，我们两个完全没有访客，于是我开始觉得室友和我一样，是个没有朋友的人。不过，最近我发现他在这个城市里其实有不少熟人，而且那些人来自不同的阶级。有一个叫做雷斯垂德的矮小男人，老鼠般的脸上面容苍白，长着一双深色的眼睛。他一星期会在我家出现三四次。有一天早上，一个衣着时髦的年轻女孩来按门铃，她待了大概半个多小时。同一天下午，又来了一个灰发苍苍、衣衫褴褛的访客，看起来像是犹太小贩。他进门时显得非常兴奋，而且身后还跟着一个衣着凌乱不堪的老太太。又有一次，一个年纪很大、满头白发的绅士来和我的室友面谈。还有一次，一个穿着天鹅绒制服的车站脚夫，也来找过我的室友。这些各种来历的人每次一出现，福尔摩斯就会拜托我将起居室让给他用，然后我就会识相地回到自己的卧室。他常常为了给我造成不便向我道歉。"我需要用起居室来办公，"他说，"这些人是我的客户。"在这种情形之下，我其实可以名正言顺地问他做的是什么工作，但是我仔细考虑后，为了不失去他对我的信任，还是将问题咽了下去。那时我想，他一定有很好的理由这么神秘兮兮的，但是没过几天，他竟然主动掀开这层神秘的面纱。

那一天是三月四日，我会记得日期是因为那天早晨我起得比较早。我起床后发现福尔摩斯还在用早餐。房东太太因为已经习惯我晚起，所以还没将我的早餐及咖啡准备好。大概是因为起床气，我粗鲁地摇了摇铃，表明我已经起床了。我等早餐时，拿起餐桌上的一本杂志随便翻着，我的室友静静地用力咀嚼土司。杂志里有篇文章的标题被人用铅笔圈了起来，于是我很自然地读起这篇文章。

这篇文章的标题很励志，叫《人生的书本》。文章大概讲的是，一个敏锐的人，唯有以精密而且有系统的审视态度看待周遭的每一件事情，这样才是学习的态度。这篇文章写得不错，有其独到之处，但也有些可笑。论证严密紧致，但结论牵强附会，夸大其词。作者认为，眨眼和面部肌肉的瞬间抽动，反映了一个人最深沉的思想。作者还认为，对于一个受过研究与分析训练的专家而言，不存在"欺骗"这回事。他最后的结论和欧几里得的许多主张一样言之凿凿，但外行除非明白他得到结论的各个步骤，不然肯定会认为他是个巫师。

"比方说通过一滴水，"作者写道，"一个逻辑学家可以推论出那滴水来自于尼加拉瀑布还是大西洋，他不需要亲自见过或是听过这两个地方。所以说，所有的生命加在一起其实是一条巨大的锁链，只要抽出其中一个小小的部分，我们就可以推论出生命的本质。和所有其他的艺术一样，演绎与分析这两门科学，也必须通过漫长且耐心的研究，才能领悟其中的精髓，而生命的无远弗届并不是红尘凡人在短短数十年里，可以轻易了解透彻的。一个人准备探讨艰深的人类道德或是心理学之前，必须先把最基本的东西学会，必须学会在遇见另一个凡人时，能一眼就知道那个人的过往，并且正确地说出他的职业与工作性质。这个测验听起来可能很肤浅，但是它能让一个人的观察力变得敏锐，而且教会他从哪里观察起，观察的目的是什么。通过一个人的指甲、外套的袖子、皮靴、裤子的膝盖处、拇指和其他手指的结茧处、脸上的表情、衬衫的袖口等特征,便可以知道他的职业是什么。如果通过这么明白的特征,还是无法让做研究的人看出一点端倪,那实在是太不可思议了。"

"写的都是无聊的废话嘛!"我叫道,用力将杂志扔回桌上,"我绝对不会读这些垃圾文章。"

"那是什么?"福尔摩斯问。

"这篇文章,"我坐到餐桌前,用一把汤匙指着那篇文章,"我知道你已经读过,因为你在上面做了记号。不可否认,作者的写作手法很高明,但是我非常不同意他的论点。这显然是一个穷极无聊的昏庸人士,用自己特有的一套荒谬论调,坚持将一些矛盾合理化,他的观点一点都不切实际。我认为他应该去地铁车站卖艺,可能会有很多等车的人兴奋地鼓掌吆喝,叫他表演'猜猜我是谁'的无聊把戏,然后我会用一千比一的赔率赌他输。"

"你铁定输钱,"福尔摩斯平静地说,"至于那篇文章,是我写的。"

"你!"

"是的。我在观察和演绎两方面特别内行,文章里提到的理论,也就是那些你觉得是无稽之谈的论调,其实很可行,因为我就靠这些你所谓的'谬论'吃饭。"

"是吗?"我故作轻松地问。

"嗯,我想全世界只有我一个人在从事我正在从事的这个行业。我是一个咨询侦探,你知道咨询侦探是做什么的吗?伦敦有很多官方侦探和私人侦探,这些人遇到困难时,会来找我帮他们解决。他们先把所有已有线索给我,然后我借助自己对犯罪史的知识,通常都能帮他们拨开云雾。其实所有的犯罪行为都有一定的模式，因此如果你手边有足够多的线索，绝对可以抽丝剥茧，找出关键所在。雷斯垂德先生其实是城里很有名的侦探，最近被一桩伪造文书的案子搞得焦头烂额，所以才会来找我。"

"其他那些人呢？"

"他们大多是私人侦探社介绍来的。他们在生活中遇到了一些麻烦，希望有人能给他们一些引导。我聆听他们的故事，他们采纳我的建议，然后我收取费用。"

"等一下，你的意思是，"我说，"你即使不离开我们这个起居室，也可以解开其他人解不开的疑团，虽然他们都早已清楚事情的每一个细节？"

"可以这么说。我在这方面的直觉很准，不过有时候碰到很棘手的案子，我还是必须努力思考事情的来龙去脉，然后再归纳出结论。你知道我有很丰富的特殊知识，我就是用这些知识来解决困难，让事情简单化。我那篇文章里提到的，也就是你不屑的演绎法则，实际上对我的工作毫无意义。观察对我而言是第二本能，第一天见到你的时候，我说你一定打过阿富汗战争，你看起来似乎很惊讶。"

"不用说，一定有人事先告诉过你。"

"没这回事。我就是'知道'你打过阿富汗战争。对我来说，观察一个人已经是很容易的事情，因此我常常在看过第一眼之后，就能忽略中间的思考过程，马上说出他的种种。然而思考过程的确存在。那天见到你的时候，其实我脑子里是这么想的：'这个人是学医的，但又带点军人的气质，显然是一个军医。他肤色黝黑，但手腕上有一圈并不黑，这表示黑皮肤不是天生的，那么他刚从热带回来。他憔悴的样子表明他刚经历过一场大灾难，生了一场重病。他的左手臂曾受过伤，因为他会下意识地用右手扶着左手臂。一个英国军医会在热带的哪个地方打了一场艰辛的战争，手臂还受了伤？答案很清楚，就是阿富汗。'这一大串推论在脑海里停留了不到一秒，所以我能脱口而出，说你刚打完阿富汗战争，结果你一副很吃惊的样子。"

"被你这样一解释，好像这件事很容易似的，"我笑着说，"你让我想起恐怖小说大师爱伦·坡笔下的名侦探杜宾，我完全没有料到现实生活中也有这种人存在。"

福尔摩斯起身，点燃烟斗。"把我和杜宾的名字放在一起，你以为是对我的一种恭维吧？"他说，"不过，在我看来，杜宾其实是一个不入流的人物。他那种每次一定要想个十五分钟才会有结论的把戏，真的无聊而且哗众取宠。他在分析方面的确是一个天才，但是我相信他只是爱伦·坡虚构的人物，在真实世界中绝对不会存在。"

"你读过加博里欧的作品吗？"我问，"你觉得勒科克算是侦探吗？"

福尔摩斯不屑地冷笑一声。"勒科克是个失败的可怜虫，"他生气地说，"他值得一提的地方，大概只有旺盛的精力而已。那本书真让我大倒胃口，全书写的就是怎么确认一个无名囚犯的身份，我二十四小时之内就可以解决这个简单的问题，但勒科克却花了半年左右的时间。我想这本书大概可以作为想当侦探的人的反面教材。"

我非常不高兴，我最崇拜的两个人被他贬得一文不值。我走到窗边，看着下面车水马龙的街道。"我不确定这家伙聪不聪明，"我告诉自己，"但他绝对是一个非常自大的人。"

"这个世界上其实没有所谓的罪犯，或者所谓的犯罪行为，"他暴躁地说，"干我们这一行的，大脑是用来做什么的？我很明白自己之所以有点名气，是因为我有异于常人的头脑。我敢说自古至今，还没有一个人像我这样，将犯罪行为研究得这么彻底，而且，我的侦探天分也无人能比。但是结果呢？现在已经没有值得我'侦查'的案子了，只有一些手法非常笨拙的小案子，连苏格兰场的警官都能一眼看出作案动机。"

他傲慢的口气让我极度不悦，我想应该赶快岔开话题。

"你觉得那个人在找什么？"我问，指着街对面一个焦急地看着门牌号的人，此人身材高大、穿着朴实。他手里拿着一个蓝色大信封，显然是送信人。

"那个人是退役的海军陆战队士官长。"福尔摩斯说。

"又在吹牛了！"我心里想，"他知道我没办法验证他的猜测。"

我心里正在嘀咕时，街对面那个人看到我们的门牌，便立即快速穿过马路。接着我就听到响亮的叩门声，然后又听到循阶而上的沉重脚步声。

"这是给夏洛克·福尔摩斯先生的。"他说，一边走进屋里将信封交给我的室友。

这正是挫挫他锐气的好时机。他肯定没想到我会来这么一招。"老兄，可不可以请问一下，"我用轻松的语气问，"你是做什么的？"

"先生，我是门房，"他声音沙哑地说，"制服拿去补了。"

"那以前呢？"我问，同时不怀好意地看了室友一眼。

"先生，我以前是士官长，海军陆战队轻步兵。先生，没有回信吗？好的，先生。"

他砰的一声并拢鞋跟，举手敬礼，转身离开。

3 劳里斯顿花园奇案

刚刚上演的那一出戏，再次证明我室友的推理功力，我承认，我的确大大地吃了一惊，不由得从心底佩服他。然而，我仍有一些疑惑，怀疑这一切都是预先安排好的，故意让我大吃一惊。但我想不通他为什么要骗我。我转头看他，他刚已经读完那封信，此刻他眼神茫然，一副心不在焉的样子。

"你到底是怎么推断出来的？"我问。

"推断什么？"他不耐烦地问。

"你怎么知道刚才那个人是退役的海军陆战队士官长？"

"我不想浪费时间对你解释。"他粗鲁地答道。但是，他马上又微笑着说，"对不起，请原谅我这么粗鲁。你刚才打断了我的思路，但可能我自己也不太专心吧。你真的看不出来那个人以前是海军陆战队士官长？"

"真的看不出来。"

"其实很难向你解释，因为我就是知道。如果有人问你，为什么二加二等于四，我想你一定也答不出来，因为你就是知道答案。刚才，即使他人在街对面，我还是可以看见他手背上刺了一个大大的蓝色铁锚，锚表示海洋。另外，他的举止像个军人，而且留着整齐的颊髯，这表示他当过海军。再者，他看起来比较自信，有点威严。你肯定注意到了他昂首挺胸、挥动手杖的样子。他进屋之后，我发现他是个沉稳、受人尊敬的中年男人——所有的事实都告诉我，他曾经是士官长。"

"太厉害了！"我叫道。

"这是老生常谈了，"福尔摩斯说，但是从他的表情我知道，我的惊讶和称赞让他高兴，"我刚才跟你说世界上没有真正的犯罪，看来我错了——你看看这个！"他把前士官长刚才送来的信递给我。

"怎么回事？"我叫道，一边将信看完，"这太可怕了！"

"似乎的确有点不同寻常，"他平静地说，"你可以把信大声念给我听听吗？"

以下就是那封信的内容：

亲爱的福尔摩斯先生：

三日晚，布里克斯顿街旁边的劳里斯顿花园发生了一件麻烦的事情。我们的值班警察于凌晨两点例行巡逻时，看到房子里的灯亮着。那栋房子是空屋，因此他怀疑是否出了什么问题。接着他发现前门开着，毫无家具的前厅里躺着一具男性尸体，死者衣着完整，上衣口袋里装着名片，名片上印着"美国俄亥俄州克里夫兰市伊诺克·德雷伯"。现场没有抢劫痕迹，也没可以显示死因的证据，房子里有一些血印，但死者身上没有一点伤口。我们暂未发现死者闯入空屋的理由。事实上，整件事情看起来像个谜团。请在中午十二点以前来一趟，我在房子里等你。我保留犯罪现场，等你前来。如果你不能来，我会尽可能将所有细节告诉你。诚挚地希望你能提供宝贵建议。

——托比亚斯·格雷格森敬上

"格雷格森是苏格兰场里最聪明的人,"我的朋友说道,"他和雷斯垂德算是那群乌合之众里仅有的优秀人才。两个人都行事敏捷而且精力旺盛,就是保守了些——保守得不可思议。这两个人有时也会针锋相对,就像两个互相嫉妒的职业模特儿,他们两个如果同时介入这件案子,那就有好戏看了。"

我很惊讶这种时候他还能这么镇静。"看来要抓紧时间了,"我惊叫道,"要不要我帮你叫一部出租马车?"

"我还不确定要不要去,我是一个无可救药的懒鬼,能不出门就不出门,不过,如果灵感来了,我有时候也是精力充沛的。"

"你为什么不想去?这不是你梦寐以求的机会吗?"

"我亲爱的朋友,这跟我有什么关系?你能想象得到,假如我真的把案子破了,到时候所有的功劳都归到格雷格森、雷斯垂德和指挥者的头上。这就是当私家侦探的坏处。"

"但是他求你帮忙啊!"

"这我知道,他清楚我比他行,所以不惜低声下气地请我帮忙,但是他绝对不会让任何人知道这件事。话说回来,我们可以去现场看看。我会自己解决问题。我虽然得不到其他好处,但可以笑话笑话他们。"

然后他匆忙将大衣穿上,精神抖擞,刚才的冷漠完全不见踪影。

"去拿你的帽子。"他说。

"你要我跟你一起去?"

"是的,如果你没有更好的事情做的话。"一分钟之后,我们两个坐在一辆出租马车,急忙往布里克斯顿街的方向赶去。

那是一个雾气弥漫的多云早晨。街道两旁的屋顶罩着一层淡褐色的薄雾,像是地上泥泞的倒影。我的同伴心情似乎非常好,一路上和我聊意大利克里蒙纳的小提琴,以及阿玛蒂与斯特拉迪瓦里斯这两种琴的区别。而我一路静默着,阴沉的天气和我们即将目睹的悲剧令我心情沉重。

"你好像完全没在思考这个案子。"我最后终于忍不住,在福尔摩斯仍滔滔不绝讲述小提琴知识时插了这一句话。

"现在还没有数据,"他回答说,"在拿到证据之前就将案情理论化是致命的错误,会影响判断。"

"你很快就有数据可以看了,"我说,手指着前方,"布里克斯顿街到了,我如果没记错,就是那栋房子。"

"就是这里吗?停车,车夫,请停车!"我们距离目的地还有一百码左右,但他坚持马上下车,我们步行将剩下的这段路走完。

门牌上写着劳里斯顿花园三号的这栋房子,看上去很不吉利。花园深处有四栋房子,其中两栋有人住,另外两栋是空屋,事件发生地三号房子就是空屋中的一栋。两栋空屋的正面是三扇晦暗的玻璃窗,从外面看黑幽幽的,窗台上摆着几块白底黑字"房屋出租"广告板,活像得了白内障的眼睛长在房子上,幽幽地观察花园里的动静。四栋并排的房子前有一个花草枯死了大半的小花圃,小花圃将屋子与街道隔开，花圃里有几个自动洒水喷头，正多此一举地将强劲的细水柱往毫无生机的花草上面喷洒。花圃中间有一条狭窄的淡黄色步道，步道上的碎石和黏土十分明显。因为下了一整夜雨的关系，整个花园看起来又湿又滑。花园围着三英尺高的石墙，石墙上方镶着细木栏杆。一个高大的警察靠站在墙边，一群看热闹的民众站在他身边，一个个朝花园里张望，想知道到底发生了什么事。

我本来以为福尔摩斯来了以后，会径直冲进房子里，开始侦探工作。但他似乎并没有打算立即行动。他表现出一副优雅而无动于衷的样子，我觉得很做作。他只是在人行道上漫步着，偶尔两眼无神地盯着地上看，偶尔看看天空，看看街对面的房子和围墙栏杆。他观察完之后，慢慢地沿着花圃步道或步道边缘往前走，两眼仍然直盯着地上看。他途中停下来两次。其中一次我看到他脸上挂着笑容，还听到他轻轻地发出满意的惊叹声。潮湿的黏土地上有许多脚印，但是警察一直在这里进进出出，我怀疑我的同伴并不能从这些脚印看出什么。然而，我亲眼见识过他高深的推理功力，相信他一定会看出许多我看不出的线索。

我们在房子门前见到一个脸色苍白、一头淡黄色头发的高大男子，他手里拿着笔记本，一看到我们便兴奋地趋前，激动地紧握住我同伴的手。"真的很高兴你能抽空跑一趟，"他说，"现场的东西没有任何人碰过。"

"除了那个之外！"我的朋友回答，手指着花圃的步道，"一群野牛经过都不会像现在这样乱。既然你允许这些人将草地踩得一团糟，格雷格森，我想你应该已经有结论了吧！"

"我在屋里忙着，"探员辩解道，"我的同事雷斯垂德也在这里，我请他照看屋外的部分。"

福尔摩斯瞄了我一眼，轻蔑地抬了抬眉毛。

"既然你和雷斯垂德两个这么优秀的人都在这里，我就没有什么用处了。"他说。

格雷格森有点得意地搓搓手。"我想我们已经尽力了，"他说，"但这个案子实在诡异，我知道你对这种案子特别感兴趣。"

"你不是坐马车来的吗？"福尔摩斯问。

"不是的。"

"雷斯垂德也不是？"

"不是。"

"我们进屋看看吧！"格雷格森觉得他的问题莫名其妙，不过还是一脸狐疑地跟着他走进屋里。

一条布满灰尘、木板裸露的短短通道，通往厨房和办公室。通道的左右两侧各有一扇门，其中一扇门显然已经关了好几个星期，另一扇门通往餐厅，也就是这宗离奇案件的发生地。福尔摩斯走了进去，我则一边跟随着他，一边告诉自己进了命案现场一定要镇定。

这是一个很大的方形房间，家具全部被移走了，所以看起来特别宽敞。四面墙壁上贴着晶亮无比的俗气壁纸，但是布满黑黑的小霉点。部分墙纸呈长条状垂落下来，露出里面的黄色石膏墙壁。门的对面有一个华丽的火炉，火炉上方是仿白色大理石的装饰平台，平台的一个角落有一块凝结的红色烛泪。厨房里唯一的一扇窗非常肮脏，从窗户透进来的光线模糊而幽暗，使原本就已灰扑扑的房间看起来更加阴沉诡异。

这些细节都是我后来才注意到的。眼前我全部注意力都集中在那具直直躺在木头地板上的冰冷尸体上。死者双眼张大，空洞地望着褪了色的天花板，让人看了毛骨悚然。这个男人四十三四岁，中等身材，肩膀宽阔，留着一头卷曲的头发及短胡须。他身穿一件毛织厚重黑色外套及小背心，浅色长裤，领口及袖口非常干净整齐。在他身边的地板上有一顶式样精致的高帽子。他紧握双拳，两条手臂僵直地伸展着，但是双腿却交叠在一起，似乎死前做过痛苦的挣扎。他那僵硬的脸上有一种恐惧的表情，或者说是一种我从没见过的憎恨表情。那可怕而扭曲的表情，加上矮矮的额头、呆板的鼻子，以及突出的下巴，还有那全身纠结的不自然姿势，让这具尸体看起来很像一个猿猴类动物。我虽然见识过各种各样的尸体，但从没见过这样的：静静地躺在伦敦市郊干道边这栋阴暗又肮脏的空屋里，让人如此惊恐。

雷斯垂德仍和以前一样瘦削，像雪貂一样。他站在门口向我们打招呼。

"这件案子绝对会引起轩然大波，"他说道，"我入这一行这么久，还没有见过这么离奇的案子。"

"完全没有线索吗？"格雷格森问。

"完全没有。"雷斯垂德说。

福尔摩斯走近尸体，在旁边跪下来，仔细检查着。"你确定没有任何外伤？"他指着尸体附近四溅的血迹问。

"非常确定。"两位警探异口同声地回答。

"那么,这血迹一定是其他人留下的,如果确定是谋杀,就假定是凶手的好了。这种情形使我想起一八三四年发生在荷兰乌得勒支市的冯·扬森案,格雷格森,你记得那件案子吗?"

"我不记得。"

"你应该读一读资料。天底下其实没有什么新鲜事,都是些老把戏。"

他说这番话时,手指一直灵活地在尸体的每一处摸索着、感觉着,这里压压,那里碰碰,有时候他将衣服扣子解开来察看。但是不管手指多么忙碌,他的双眼仍然空洞一如往常。他检查尸体的速度实在是太快了,我想没有人会相信这种速度能查出个所以然来。最后,他闻一闻尸体的嘴唇,看了死者靴子底部一眼。

"他没有被搬动过吗?"他问。

"除了我们检查时之外,没有别人动过他。"

"你可以把他搬到停尸间了,"他说,"检查就到此为止了。"

格雷格森向门外一喊,四个男人抬着担架走进房子里,将眼前的尸体抬起来搬走。他们将死者搬起来时,一枚戒指从死者身上掉下来,滚落在地板上。雷斯垂德把戒指拿起来,一脸狐疑地盯着看。

"有个女人来过这里,"他叫道,"这是女人的结婚戒指。"

他一边说一边将戒指放在手掌上给大家看。我们全都围着他盯着那枚戒指。毫无疑问,这枚小小的纯金戒指曾经让一位新娘魅力大增。"案子更复杂了,"格雷格森说,"天知道,没有这枚戒指事情已经够复杂的了。"

"你确定戒指的出现不会让事情变得简单些?"福尔摩斯说,"就这样盯着它看,看不出什么东西来。你在他的口袋里找到别的东西了吗?"

"所有的证物都在这里了,"格雷格森手指着楼梯最底层台阶旁的一袋杂物说,"一块金表,标有伦敦市巴罗德制,九七一六三号。一条很重很结实的艾伯特黄金表链。一枚金戒指,上面有共济会的标志。一枚黄金别针,牛头犬头型,眼睛部分是红宝石。俄国皮制名片盒,里面装着印有克里夫兰市伊诺克·德雷伯的名片,这和他麻制手巾上 E.J.D 的姓名缩写吻合。没有钱包,零钱加起来大概有七英镑十三便士。一本薄伽丘《十日谈》口袋本,书里空白页写有约瑟夫·斯坦格森。还有两封信,一封是寄给伊诺克·德雷伯的,一封是寄给约瑟夫·斯坦格森的。"

"住址呢?"

"河岸街美国交易所。这两封信都寄自盖恩轮船公司,信中提到了船从利物浦出发后的航线。这个不幸的男人显然正准备回纽约去。"

"你调查过这个叫斯坦格森的人吗?"

"我一发现他的名字就着手调查了,"格雷格森说,"我已经将启事寄给所有的报社,我的一个属下已经去了美国交易所,不过还没回来。"

"你通知克里夫兰市了吗?"

"今天早上我已经发电报过去了。"

"你在电报里是怎么说的？"

"我简短地将事情描述一下，表示我们会很高兴他们能提供任何有利线索。"

"你没有提到你觉得最重要的事项吗？"

"我提到了斯坦格森。"

"没有别的了吗？你不觉得整件事中还有其他关键的地方吗？你要不要再发一次电报？"

"能写的我都已经写在电报上了。"格雷格森极其不悦地答道。

福尔摩斯低声笑了，正准备要说些什么时，刚才离开的雷斯垂德突然从房间里走回我们说话的走廊上，志得意满地搓着双手。

"格雷格森先生，"他说，"我刚才发现了一个非常重要的线索。幸亏我再一次小心检查房间里的墙壁，不然这么重要的破案线索恐怕就这么被忽略了。"

这个矮小的男人说这些话时，眼睛里闪烁着骄傲的光芒。显然发现这条线索让他很是得意，因为他领先同事一分。

"你们来这里。"他一边说一边急匆匆回到房间里。那具可怕的尸体已经被搬走，整个房间此时似乎宽敞了许多。"听着，你们站到那里去！"

他拿出一根火柴在靴子上划了一下，然后将点燃的火柴凑到墙边。

"看这个！"他得意洋洋地说。

我在前面已经说过，房间里的壁纸四分五裂。而在这一个角落，一大片壁纸剥落下来，露出下面一块黄色粗糙的石灰墙面。在这块墙面上有一个血字：

RACHE

"你怎么看？"雷斯垂德兴奋地说，像是演员在表演一样，"我们之所以一开始没看到，因为这是房间里最暗的角落，没有人会想到看看这里。凶手是用自己的血写上去的，笔顿处有液体顺着墙壁流下来的痕迹！这样就可以否定死者为自杀这种判断了。为什么要选择在这个角落里写呢？我来告诉你。你看火炉上的蜡烛，如果凶手作案时蜡烛是点着的，那么当时这个角落的墙壁就是房间里最亮的部分。"

"那这几个字母代表什么意思呢？"格雷格森轻蔑地问。

"代表什么意思？代表写字的人原本要写 RACHEL 这个女性名字，但是因某种原因他没有写完。你记住我说的话，等这件案子有点头绪了，一定会有一个叫做蕾切尔（RACHEL）的女人出现。福尔摩斯先生，你尽管笑，没关系，也许你很聪明很有智慧，但是当事情处于胶着状态时，还是我们这种老猎犬最顶用。"

"请原谅我的失礼！真的。"我的同伴说。先前他的一阵大笑，显然已经激怒了这位小个子侦探。

"没有人否认你是我们之中第一个发现这个重大线索的有功人士，而且，就像你说的，这些字母是另外一个人在昨晚写下的。到现在为止我还没有机会好好看看这个房间。如果你允许的话，我现在想仔细看一看。"

他说话时已经从口袋里拿出一个卷尺和一个圆形大放大镜。他拿着这两样工具，安静地在房间里忙碌起来，有时候站着不动，有时候跪在地上，还有一次在地板上躺下来。他太过专注，显然已经忘记我们的存在。他喃喃自语，偶尔发出惊叹声、呻吟声、口哨声，以及振奋的尖叫声。我看着他，不禁联想到训练有素的纯种狐犬，狐犬在小小牢笼里前后冲撞，发出低沉的哀嚎与渴望的悲鸣，直到找到那熟悉的气味。他的研究工作大概持续了二十分钟或者更久，期间他以卷尺仔细丈量一些我完全看不出端倪的两点间的距离，有时候以同样小心仔细的态度，将卷尺放在墙壁上量着什么。他小心翼翼地从一个角落的地上抓起一堆灰尘，放进信封袋。最后他用放大镜检查墙上那个字，极度谨慎地逐个查看字母。他做完这些事情后似乎很满意，将卷尺与放大镜放回口袋。

　　"人们说天才是一个容纳无限痛苦的空间，"他微笑着说，"这个定义其实不太好，但是用来形容侦探是再恰当不过了。"

　　格雷格森和雷斯垂德始终以一种相当好奇而又带点嘲讽的态度，看着他们这位业余侦探朋友亲自查看现场。他们显然没有察觉到一个我已经慢慢领会到的事实：福尔摩斯的每一个小动作，都将与破案有最直接且实际的关联。

　　"你有什么感想吗？"他们两位齐声问道。

　　"如果我真帮你们的话，你们两位最后可能沾不到破案的光，"我的朋友说，"你们现在做得不错，如果被别人干涉了会很可惜的。"他的话语中充满挖苦和嘲讽。他继续说："你们如果在调查过程中遇到任何问题，我会很乐意帮忙。现在我想和发现尸体的警察谈谈，你们可以把他的名字和住址给我吗？"

雷斯垂德看了看笔记本。"他叫约翰·兰斯，"他说，"他已经下班了，你可以在肯宁顿公园门的奥德利院四十六号找到他。"

福尔摩斯将住址抄下来。

"跟我来吧，医生，"他说，"我们一起去找他。我可以告诉你们一些可能有助于破案的线索，"他转身对两位侦探说，"的确是谋杀，但凶手是个男人。身高超过六英尺，正当壮年，脚比较小，和身高不成比例，穿一双粗劣的宽头靴子，抽特里奇努波里雪茄。他跟受害者一起搭一辆四轮马车来到命案现场，拉车的那匹马的四块马蹄铁中，有三块是旧的，右前脚那块是新的。凶手极可能脸颊红润，右手指甲可能相当长。这只是些小线索，不过可能对你们有帮助。"

雷斯垂德和格雷格森互相看了一眼，两人脸上都有一丝怀疑的笑容。

"如果这个人是被谋杀的，请问凶手是怎么下手的？"雷斯垂德问。

"毒药，"福尔摩斯冷冷地说，一边大步向前走，"还有一件事，雷斯垂德，"他接着说，并在门边转过身来，"'RACHE'在德文中是'复仇'的意思，所以你不用浪费时间去找那位RACHEL小姐了。"

福尔摩斯发出帕提亚战术①式一击后，便步行前去，两个对手在他背后目瞪口呆。

---

① 用骑射手引诱对方重骑兵出击，以速度优势重伤重骑兵。

4 约翰·兰斯的叙述

我们离开劳里斯顿花园三号时,已经是下午一点了。福尔摩斯带我到最近的一个电报中心,他在那里发了一封很长的电报。然后他叫了一辆出租马车,让车夫带我们到雷斯垂德说的那个地点。

"没有所谓的第一手证据,"他说,"但老实说,这个案子的来龙去脉,我心里已经有了谱。但如果有现成的证据,我们还是可以听听。"

"你真的让我吃了一惊,福尔摩斯,"我说,"你应该对自己刚才给出的线索没有百分之百的把握吧!"

"肯定没错,"他回答,"我一到那里就发现,在靠近人行道的地方有两道马车轮印痕。昨晚以前有一个礼拜没有下雨,所以那么深的凹痕一定是在下雨之后留下的。我还看到几个马蹄的足迹,其中一个印子远比其他三个明显,这表示有一块蹄铁是新的。既然马车是在开始下雨后才到了那里,而且早上没有马车去那里——假设格雷格森说的是实话——这表示马车一定是昨晚去那里的。因此可以推断那两个人是乘马车去那栋房子的。"

"听起来蛮简单的,"我说,"但你是怎么知道凶手身高的呢?"

"很容易,通过脚步间距有九成把握确定一个人的身高。算法很简单,但我认为你不会对计算过程感兴趣。我在花园的泥土地上和屋里的灰尘上确定了这个人的脚步间距,然后我就用刚才说到的计算方法得出了他的身高。一个人在墙上写字时,会本能地往双眼水平位置的上方写,墙上的那个字距离地板超过六英尺。一切简单得就像小孩子的游戏。"

"他的年龄呢?"

"一个男人如果可以轻易一步迈出四英尺半,那他绝对不会是老年人。我这么确定,是因为他显然曾走过花园,我在步道上的泥巴里发现了他的脚印。穿漆皮靴的人是迂回地走,穿宽头鞋的人是边跳边走。这些都非常明显,我只是将杂志上那篇文章提到的演绎与观察理论,应用在日常生活中罢了。你还有不清楚的地方吗?"

"指甲和特里奇努波里雪茄是怎么回事?"我问。

"墙壁上的字是一个男人以浸着鲜血的食指写下的,我用放大镜看出字母旁边的石灰墙壁上有轻微的刮痕,这表明写字的人指甲比较长。我在房间的地板上抓了一些四散的灰烬,灰烬颜色很深而且呈细薄片形状。只有特里奇努波里雪茄才会产生这种灰烬。我曾经专门研究过雪茄灰烬——事实上,我就这个主题写过论文。老实说,对于能一眼看出不同品牌的雪茄与香烟的灰烬,我自己也非常引以为傲。一个真正厉害的侦探,和格雷格森与雷斯垂德那种侦探的区别,就在于这些小地方。"

"那你怎么知道他面色红润的呢?"我问。

"嗯,这个推论比较大胆,不过我相信自己是对的。目前情况还不明朗,你不应该问我这个问题。"

我用手揉了揉眉毛边的太阳穴。"我被你说得晕头转向,"我说,

"越想越觉得诡异。这两个人——如果真的有两个人的话——为什么会要到那栋空房子里去？载他们去的那个马车夫后来怎么样了？其中一个人是怎么强迫另外一个人吞下毒药的？写字的血是哪里来的？如果不是抢案，谋杀动机是什么？为什么会有女人的戒指在现场？最重要的是，为什么另外那个人在临走前用德文在墙壁上写下'复仇'这个字？我承认，我没办法将你说的线索连起来，理出头绪。"

我的同伴满意地笑了笑。

"你将案件的困难部分概括得简洁又完整，"他说，"整件事情还有许多晦暗不明的地方，但我已经对事情经过有了大概的轮廓。那位可怜的雷斯垂德的发现只会误导警察，让他们往社会主义或是地下社团的方向侦查。凶手不是德国人，虽然也许你注意到了，那个字母 A 有一点像是德国人写的。可是一个真正的德国人写的字看起来像拉丁文，所以我们可以很确定那不是德国人写的。这个笨拙的人想要模仿德国人写字，结果却矫枉过正，这只是个转移警方注意力的伎俩罢了。医生，我不能再跟你多谈这个案子，你知道，魔术师如果跟观众解释每一招戏法，那他就不是魔术师了；再说，如果我将太多的办案手法泄漏给你，到最后你一定会觉得我只是个再普通不过的人。"

"我绝对不会这样想，"我回答，"我想世界上没有人能像你一样，将侦探工作发扬光大到近似精密科学的境界。"

我的同伴听到这番衷心的赞美，开心得脸上泛起一片红晕。我已经注意到，他就像禁不住别人赞美的女人，别人夸奖他无人能出其右的专业领域时,会显得非常害臊而且不自在。

"我再告诉你另外一件事,"他说,"穿漆皮鞋和宽头鞋的这两个人坐同一辆马车来,他们亲热得像老朋友一样一起走过花园——两个人很有可能还挽着手臂。他们到了房子里,在房间里走来走去——或者应该说,穿漆皮鞋的人站着不动,穿宽头鞋的那个人在屋里走着。我从地板灰尘上的脚印看出了这些。我还知道,穿宽头鞋的那个人越来越兴奋,因为步长越来越大。自始至终都是他一个人说个不停,而且毫无疑问,他后来非常愤怒。然后悲剧就发生了。我已经把我所知道的一切全都告诉你了,剩下的是推测和假设部分。不过这些线索是个很好的基础。我们得抓紧,因为我晚上要去听诺曼·聂鲁达①的音乐会。"

我们说话时,马车正咯哒咯哒地穿过一条条又脏又暗的小路。在一条我觉得最暗也最脏的小巷子里,车夫突然将车停下来。"那里就是奥德利院,"他说,指向一条由死灰颜色石块围出来的狭小巷道,"我在这里等你们回来。"

奥德利院是一个毫不起眼的地方。这条狭小巷道的尽头,是一个四周挂满旗子、两旁伫立着成排肮脏房子的方形庭院。我们一路经过一群群脏兮兮的小孩,闪躲挂得到处都是的褪色床单,最后来到四十六号的门前。这扇门上有一块黄色小铜片,铜片上刻着"兰斯"两个字。我们询问之后,得知那位警察还在睡觉。接着我们被引到一间小会客室,等着他出来见我们。

---

① 北欧著名小提琴家。

没多久他就出现了,因为被人从睡梦中吵醒,他满脸不悦。"我写好报告了。"他说。

福尔摩斯从口袋里拿出一枚半镑金币,满脸忧容地把玩着。"我们想听你亲口说说。"他说。

"我很乐意将我所知道的全部告诉你。"警察两眼紧盯着那枚金币说。

"我们想听你用自己的方式叙述你看到的情形。"

兰斯在马鬃沙发上坐下来,眉头深锁,唯恐在讲述时遗漏了什么。

"我从头告诉你们,"他说,"我的值班时间是晚上十点到早上六点。十一点左右,白鹿酒吧里有人打架,除此之外那天晚上还算安静。一点左右开始下雨,然后我遇到巡荷兰树林的哈利·莫克,于是我们两个站在汉利塔街的拐角处聊天。没过多久,大概两点左右或是再晚一点,我觉得应该再巡一巡,确定布里克斯顿街上也没事。那实在是一个既肮脏又寂寞的夜晚,整条路上不见半个人影,偶尔有一两部出租马车经过。我一个人在路上慢慢地晃悠,心想如果这时手边有热杜松子酒就好了。就在这时,我突然看到那栋房子的窗户里透出灯光。就我所知,劳里斯顿花园里有两栋房子是空的,而其中一栋最后一个房客死于伤寒症。想到这里,我吓了一大跳。所以我怀疑有什么事情不对劲。我到了门边时……"

"你停在门边,然后走回花园大门,"我的同伴打岔说,"你为什么要这么做?"

兰斯惊慌地从椅子上跳起来,以极不可思议的表情盯着福尔摩斯。

"怎么回事！的确是这样，先生，"他说，"不过你是怎么知道的？我走到门边，发现里面实在太安静太荒凉了，我觉得应该找个人陪我。其实我不怕有关死亡的东西，但是我想可能是死于伤寒症的那个人回来瞧瞧了。这个念头使我转身走回大门口，看能不能找到提着灯笼的莫克，但是我没有看到他，路上还是一个人都没有。"

"街上没有人吗？"

"没有，连狗的影子也不见一个。于是我鼓起勇气，将门推开并走进房子。房子里寂静无声，所以我走到透出光线的房间，红色烛光正在火炉旁边的平台上闪烁着，然后我看到……"

"是的，我知道你看到了什么。你在房间里来来回回走了好几次，接着跪在尸体旁边，然后穿过房间到另一头，想要打开厨房门，然后……"

兰斯一脸惶恐地跳了起来，两眼充满疑惑。"你躲在哪里偷看到这些的？"他叫道，"你不可能知道得这么多。"

福尔摩斯大笑，将名片从桌子上递给这位警察。"不要用谋杀的名义逮捕我，"他说，"我只是一条猎犬，不是你们要找的那匹狼，格雷格森和雷斯垂德先生可以告诉你情况。请继续，你后来做了什么？"

兰斯坐回沙发上，可是他的眼神里仍有疑惑。"我走回大门口吹口哨，莫克和另外两个人即刻赶到现场。"

"那时街上仍然没有人吗？"

"应该是吧！我觉得那种样子的人不能算是人。"

"你这话是什么意思?"

这位警察的表情这时才从紧张惊讶转为咧嘴而笑。"我在值勤时看过许多醉鬼,"他说,"但从来没有见过醉得那么厉害的人。我出来时那个人刚好在大门口,身体斜靠着围墙,正用尽全力唱科伦拜恩唱的一首流行曲,或是之类的歌曲。他根本站不直,一摊泥一样。"

"那是个什么样的人?"福尔摩斯问。

因为话被打断,兰斯不太高兴。

"一个少见的醉鬼,"他说,"要不是我们有任务在身,他已经被带到局里去了。"

"他的脸、衣服是什么样子,你没有注意到吗?"福尔摩斯不耐烦地打断他。

"我想我记得他的样子,因为是我把他撑起来的,我和莫克架着他。这个酒鬼个头很高,脸色红润,脸的下半部分被围巾围住了……"

"很好,"福尔摩斯叫道,"后来呢?"

"我们忙死了,哪里有时间看着他,"警察委屈地说,"我猜他最后找到路回家了吧!"

"他穿着什么衣服?"

"咖啡色大衣。"

"手上有鞭子吗?"

"鞭子?没有。"

"他一定把鞭子掉在哪里了,"我的同伴喃喃自语,"在那之后你听到过马车的声音或看到过马车吗?"

"没有。"

"这枚半镑金币给你,"我的同伴说,起身将帽子戴上,"兰斯,恐怕你在局里永远升不了官。你身上这颗脑袋,除了做装饰,也该有点其他用处。昨天晚上你本来可以在肩膀上加一条警官杠的,那个你扶着的男人握有整件悬案中最重要的线索,也是我们正在找的人。现在争论这个已经没用了,我只是跟你说说而已。走吧,医生。"

于是我们一起往等着的马车走去,留下那位一脸错愕的警察。他显然觉得很不舒服。

"真是一个成事不足、败事有余的白痴!"在我们回家的路上,福尔摩斯忿忿地说道,"你看看,大好机会就在眼前,他竟然完全不会利用。"

"我还是不太明白。你推断有第二个人涉案,这个警察的描述和你的推断吻合。但是,凶手为什么在离开之后又回到那栋房子?一般凶手是不会这么做的。"

"戒指,老兄,那枚戒指是那个人折返的原因。我们如果想抓到这个人,绝对可以拿那枚戒指当饵。医生,我一定会找到他的。我跟你赌二赔一,一定找得到他。其实我应该谢谢你,如果不是你,我可能根本不会去案发现场,那可就丧失了一个最好的研究机会:血字的研究,对吧?我们应该用点艺术术语来形容整件事情。谋杀就像平凡无奇的生活中一条血染的线条,我们的任务是找到那条线,让它一点一点地暴露出来。现在是午饭时间了,等一下我要听聂鲁达的音乐，听她把肖邦的音乐诠释多么动人：哒——啦——啦——英里啦——英里啦——勒。"

他舒服地靠在马车上，我这位业余的侦探朋友像只云雀一般，一路哼着肖邦的音乐。而我则埋头苦思人类意识的多面性。

5 广告引来神秘怪客

上午的一番折腾令我虚弱的身体疲惫不堪，到了下午我已经累得不成人形。福尔摩斯出门听音乐会之后，我躺在沙发上，试图睡个午觉，但是不论怎么努力就是睡不着。我的大脑细胞因为早上发生的事已经活跃不已，脑海里不时产生奇妙的想法和推测。每次我闭上眼睛，眼前就会出现被害人那狒狒似的扭曲表情。这表情实在是太可怕了，我得感谢将这个怪物从人类世界除掉的那个人。如果说相由心生，那克里夫兰来的伊诺克·德雷伯一定是个极端邪恶之人。但我觉得正义必须得到伸张，在法律上，被害人有罪，并不能抵消凶手的罪行。

我越想越觉得福尔摩斯的假设实在了不起，也就是那个人是被毒死的。我记得他去闻死者嘴唇的样子，毫无疑问，他一定是闻出了什么才会有这样的假设。而且话说回来，如果不是中毒，那个人能是怎么死的呢？毕竟在他身上找不到任何外伤或是勒痕。不过，地板上那些黏稠的血迹又是谁留下来的呢？现场并没有打斗的迹象，死者身上也没有武器可以用来伤害对手。只要这些问题解决，我想不论是我或福尔摩斯，都可以松一口气，好好睡个觉。福尔摩斯那沉稳自信的态度，让我相信他已经有了一套理论来解释这些疑团，只是这理论到底是什么，我仍然毫无头绪。

福尔摩斯那天很晚才回来,我觉得他一定是被什么事情耽搁了。他回来时,晚餐已经准备好了。

"真是太棒了,"他一边说一边在餐桌旁坐下来,"你还记得达尔文是怎么评价音乐的吗?他说人类产生创造与欣赏音乐的能力,远早于产生语言表达的能力,这大概就是我们很容易受到音乐影响的原因。在地球尚是一片迷雾的早期阶段,晦暗的生命体里就已经对音乐有模糊的记忆了。"

"这是一个相当宏大的想法。"我说。

"一个人要想解读宇宙,他的想法必须和宇宙一样宏大才行,"他回答道,"怎么了?你看起来怪怪的。布里克斯顿街的那件事情让你不开心了吧。"

"老实说,是的,"我说,"我打完阿富汗战争后,本该变得更冷血。在迈万德会战中,我亲眼看见同袍被砍得血肉横飞,眼睛眨也没眨一下。"

"我能理解。这个案子能够激发想象力,不恐怖的案子没有想象空间。你看过今天的晚报吗?"

"没有。"

"报纸将这件事情叙述得很好。记者没有提到尸体被抬起来时,一枚戒指从死者身上掉下来。不过他没提也好。"

"为什么?"

"看看这则广告,"他回答,"上午的事情结束后,我马上将它发给了每一家报社。"

他把报纸丢给我,我看着他指着的那个部分。是"失物招领"

那一栏的第一则广告。

"今天早上在布里克斯顿街，"广告这么写着，"于白鹿酒吧与荷兰树林之间的路上发现纯金结婚戒指一枚。请于今晚八点至九点间，与贝克街二二一号B的华生医生联系。"

"对不起，我用了你的名字，"他说，"如果我用自己的名字，有些白痴会明白是怎么回事，就会想插手管闲事。"

"没有关系，"我回答，"可是我没有戒指。如果真有人上门怎么办？"

"喔！你有戒指，"他一边说一边交给我一枚戒指，"这个就可以了，几乎一模一样的仿制品。"

"你觉得谁会看了这则广告之后来找我们？"

"这还用说，当然是穿咖啡色大衣的那个人。那位脸色红润、穿宽头鞋的男子。他即使不亲自来，也一定会派一个共犯来。"

"他不会觉得这样太冒险了吗？"

"根本不会。如果我对这个案子的推论是对的，我相信这个男人将不惜一切代价拿回这枚戒指。我觉得他是在德雷伯的尸体上方弯腰时掉下戒指的，而他那个时候并没有注意到。他离开那栋房子后才发现戒指不见了，但赶回去时看到警察已经在现场，这要怪他愚蠢到没熄掉烛火。他必须假装成醉鬼，才不会有人怀疑他出现在大门口的原因。如果你是这个男人，事后回头想想，可能会以为是离开房子后将戒指掉在了路上，那么他会怎么办？他一定会急着看当天的晚报，希望有人捡到戒指。他看到这则广告时，必定眼睛一亮，欣喜若狂，为什么要担心是不是圈套？他没有理由将找到戒指跟谋杀案联想在一起。他一定会出现的，一定会，你准备好在一个小时内迎接他吧！"

"然后呢？"我问。

"喔！然后你交给我处理就行了。你有武器吗？"

"我有服役时的一把左轮手枪，还有几发子弹。"

"你最好检查检查枪，装上子弹。他应该是个孤注一掷的人，虽然我会出其不意地抓住他，但以防万一嘛。"

我走进卧室照着他的话做。我拿着枪回到餐厅后，发现餐桌已经清理干净，福尔摩斯正在做他最喜欢做的事——拨弄小提琴。

"事情越来越有趣了，"我走进餐厅时，他说道，"我发到美国的电报有回复了，我对这个案子的推论是正确的。"

"你的推论是？"我着急地问。

"应该给小提琴装新弦了。"他说。

"把枪放进口袋。那个人来了之后，就以平常的态度和他说话，其他的交给我。不要太严厉地盯着他看，把他吓着。"

"已经八点了。"我看着表说。

"我知道，他再过几分钟就会到了。把门打开一个小缝。可以了。现在将钥匙插在门内侧的钥匙孔里。谢谢！我昨天在书摊上看到这本古怪的书——《论各民族的法律》——一六四二年出版于比利时列日，拉丁文版本。这本棕色封皮小书发行时，查理一世还活得好好的。"

"是谁出版的？"

"一个叫菲利普·德·克罗伊的人，我管他是谁。书的扉页上有非常淡的'威廉·怀特藏书'这几个字,我在想这个叫威廉·怀特的人是谁,十七世纪实用主义律师吧!他的书法有种律师的风格。我想我们等的人已经到了。"

就在他说话时,尖锐的门铃声传进屋里。福尔摩斯缓缓站起来,将椅子转向门口。我们听到仆人走过门厅到门边的声音,接着是她打开门闩的巨响。

"华生医生是住在这里吗?"一个清楚但粗鲁的声音问道。我们听不到仆人的回答。接着门关上,有人循梯而上。这个人步伐很小,脚步声听起来犹豫不定。我的同伴在听他脚步声时,脸上闪过一丝惊讶的表情。那个人慢慢走过走廊,接着微弱的叩门声传进屋里。

"请进。"我叫道。

出现在我们眼前的,竟然不是我们期待的凶神恶煞的男人,而是一个年纪很大、脸上布满皱纹的跛脚老太太。她显然被屋里的亮光刺得睁不开眼。她对我们稍加致意后,一边眨着那有点白内障的眼睛盯着我们看,一边用紧张得发抖的手在口袋里胡乱找什么。我看了同伴一眼,福尔摩斯的脸上带着一抹忧郁但安静的神情,我也只好保持镇静。

这个老太婆拿出一份晚报,指着我们的那则广告。"先生们,这是我来这儿的原因,"她再一次行礼说,"你们在布里克斯顿街捡到的那枚纯金结婚戒指,是我女儿莎莉的。她一年前结婚,她丈夫在国家的船队里服务,目前在海外。我无法想象他回家后发现太太的戒指不见了会有什么反应。他没喝醉时脾气已经够暴躁了。如果你想知道,她昨天晚上去马戏团,和……"

"这是她的戒指吗?"我问。

"啊!感谢上帝!"老太婆大叫道,"莎莉今天晚上一定会很高兴,就是这枚戒指。"

"请问你住在哪里?"我问道,拿起一支铅笔。

"汉兹蒂奇区邓肯街十三号,离这里蛮远的。"

"布里克斯顿街并不在任何马戏团和汉兹蒂奇区中间。"福尔摩斯尖锐地说。

老太婆一听到这句话,马上敏锐地抬起头来,用她那双充满血丝的双眼瞪着福尔摩斯。"这位先生问的是'我'的住址,"她说,"莎莉住在贝克汉姆区梅菲尔宫三号。"

"那你姓什么?"

"我姓索亚,她姓丹尼斯,因为她丈夫叫汤姆·丹尼斯。汤姆在船上时,如果他身边都是正经的服务员,他是个聪明利落的小伙子;但是船一靠岸,陆地上的酒和女人就会让他……"

"这是你的戒指,索亚太太,"我看到福尔摩斯给我做手势,于是打断她,"事实很清楚,这是你女儿的,我很高兴将它物归原主。"

老太太喃喃说了一连串感谢与神恩之类的话,将戒指放进口袋,蹒跚走下楼去。老太婆一走,福尔摩斯马上跳起来跑进自己的房间,几秒之后又拿着一件长大衣和一条围巾冲出来。"我要跟踪她,"他迅速说,"她一定是共犯,跟着她就能找到那个男人。你在这里等我。"前厅传来大门被那位访客重重关上的声音,福尔摩斯下楼了。我从窗口可以看见老太婆在街对面吃力行走的样子,福尔摩斯在她身后不远处尾随着。"如果他的推理正确,"我心想,"他马上就要追踪这个悬案的关键线索了。"他不必特地提醒我等他回来,因为我不等到他回来讲述探案结果,是不可能睡着的。

他离开时将近九点。我完全不知道他可能去多久。我昏昏沉沉地抽着烟斗,一面漫不经心翻着穆尔格的《波西米亚人》。十点多,我听到女仆啪哒啪哒走路回房就寝的脚步声。十一点,房东太太拖着更重的脚步声经过我们的门口,也回房就寝了。将近十二点,我才听到钥匙开门的尖锐声音。他一进门,我就从他的表情看出这次探案并未成功。愉悦与沮丧两种情绪似乎正在房间里进行拉锯战,直到前者终于胜利,福尔摩斯才忍不住放声大笑。

"无论如何我绝对不会让苏格兰场的人知道这件事,"他大声叫着,重重地坐回他自己的椅子,"我戏弄他们太多次了,他们一直在等这样一个机会。但就让他们笑吧,我以后再嘲笑他们的机会多的是。"

"你在说什么呀?"我问。

"喔!我不介意说对我不利的故事。那个人在路上跛着走了一阵子,还不时表现出脚很痛的样子。然后她忽然停住,拦了一辆恰巧经过的四轮马车,我设法靠近她。我原本打算靠近听她跟车夫说要去哪里,不过我根本就不用操这个心,因为她说住址时声音大到连在街对面都能听得一清二楚。'请到汉兹蒂奇区邓肯街十三号。'她大声说。我心想,她演得还挺像。她乖乖地进了车里,我跳上马车尾躲着——这是每一个侦探都必须会的技能。接着我们一路没停，喀哒喀哒地一直来到目的地，我在马车到达门口之前跳下来，在街上假装悠闲地晃着。我看到马车停住，车夫从车上跳下来。然后我看见车夫打开车门等着，但是没有人出来。我走近马时，看到车夫正慌乱地在空车里找人，然后嘴里吐出一长串我这辈子听过的最完整的咒骂与脏话。车里完全没有那位乘客的踪影，我想车夫大概永远也得不到这趟车钱了。我们到十三号那户人家询问后，发现屋里住着一位正直的墙纸工人，姓凯斯维克，他从来没听说过姓索亚或丹尼斯的人。"

"你不会告诉我，"我惊讶地说，"那个连路都走不稳、跛着脚的老太太，居然在车子仍在动时逃走了，而你和车夫两个人都没察觉到？"

"什么老太婆！"福尔摩斯尖声说道，"我们都被那老太婆的样子给骗了，那一定是一个身手矫健的年轻人，那身装扮还挺像样的。毫无疑问，他发现被跟踪后用这种方法将我一军，这表明我们要找的那个人并不像我想的是独自一人，他有朋友愿意为他冒险。医生，你看起来累坏了，听我的话，去睡吧！"

我的确疲倦不堪，于是听从他的命令回房去。他独自坐在燃烧的火炉前，一直到深夜，我还能听见厅里小提琴悲伤阴郁的低鸣，看来他仍在思索自己揽下的这件奇案。

6 格雷格森炫耀战果

第二天各大报纷纷大肆报道这桩所谓的"布里克斯顿街奇案",每家报纸都详细叙述了案情,有的还附加了评论,其中一些新闻我没听说过。我仍旧保持剪报的习惯,因此我的剪贴簿里多了些有关这件悬案的新闻。以下是其中几则摘要:

《每日电讯报》报道说:我国犯罪史上鲜少出现涉及外国人的案件,受害人的德国姓名,缺乏动机,墙上那不祥的字迹,这一切表明这是政治犯与革命者所为。美国有很多社会主义组织,死者显然违反了这些人的不成文规定,因此被跟踪到此,惨遭毒手。这篇文章还轻描淡写地提及了德国菲默法庭党[①]、托法娜仙液[②]、烧炭党[③]、布林威尔女侯爵[④]、达尔文理论、马尔萨斯主义、老鼠崖公路谋杀事件,最后提醒英国政府对国内的外国人提高警觉。

《标准报》评论说:这类无法无天的暴行,通常发生在提倡自由主义的国家。起因是群众混乱不安的情绪,各种权力日渐式微后,就会产生这样的悲剧。死者是一个已经在伦敦住了几个星期的美国绅士,他住在坎伯韦尔市托基路夏邦蒂尔女士家的公寓,他这

---

① 中世纪晚期流行于德国威斯特法伦的秘密审判组织。
② 十七世纪流行于意大利北部的一种美白化妆水,含亚砷酸成分,当时很多家庭妇女用此作为慢性毒药毒杀丈夫。
③ 十九世纪后期活跃于意大利的民族主义组织,对意大利统一起到重要作用。
④ 十七世纪法国一位毒死多人女贵族。

趟旅程还有私人秘书约瑟夫·斯坦格森相伴。本月四日星期二，这两位先生和房东太太道别，前往尤斯顿车站，显然是要赶前往利物浦的火车，后来有人看到他们俩同时出现在车站月台上，接着就没有他们的消息了，直到德雷伯先生的尸体在尤斯顿车站好几英里外、布利斯顿路上的一栋空屋里被发现。他为什么会到那里，以及他如何惨遭毒手，这都是悬案中待解答的疑问。没有人知道斯坦格森先生的下落，我们很高兴苏格兰场的格雷格森先生与雷斯垂德先生都参与了这件案子的调查工作，有这两位杰出警员，大家有信心此案会在短时间之内侦破。

《每日新闻》指出：毫无疑问，这是一件政治迫害案。大陆各专制政府仇恨自由主义，将许多人驱逐到我国。如果这些人的过去不被追究，他们可以成为这里的标准公民。这些流亡者严格遵守一种攸关荣誉的规矩，任何违背者都将被处死。我们一定要尽快找到那位秘书斯坦格森先生，查明死者生平的详情。目前案件已经有了重大进展，我们已经知道死者生前住址，这完全得益于苏格兰场格雷格森先生孜孜不倦地调查，以及敏锐的推理能力。

福尔摩斯和我一起在吃早餐时看完这些剪报，这些新闻显然是他今天最大的消遣。

"我告诉过你，不论发生什么事，雷斯垂德和格雷格森这两个人铁定都会受到称赞。"

"这要看事情怎么发展。"

"哎呀，这跟事情怎么发展一点关系都没有。凶手被抓到了，归功于他们勤勉不懈的办案精神；如果凶手跑掉了，报纸就会说他们已经尽了力。这跟硬币只有正面和反面一样，他们不管做了什么，总会有很多人崇拜他们。'醉鬼总会欣赏比他更醉的人'。"

"发生什么事了？"我说。大厅及楼梯上传来许多零碎的脚步声，脚步声中夹杂着房东太太不满的抱怨声。

"是贝克街小分队。"福尔摩斯严肃地说。就在这时，六个我见过的最脏、穿着最邋遢的流浪儿童跑进屋里来。

"立正！"福尔摩斯尖叫道，六个小无赖像狼狈的雕像般乖乖站成一排。

"以后威金斯一个人上楼来报告就可以了，其他人在街上等着。威金斯，找到了吗？"

"还没有，先生。"其中一个小孩说。

"我已经料到你们找不到，继续努力，直到找到为止，这是你们的工资。"他给每个小孩一个先令，"现在你们可以走了，下次带点好消息来。"

他挥挥手，这群小孩像一群老鼠一样迅速窜下楼，接着街上传来他们尖锐的叫嚣声。

"随便一个小乞丐都比一打警力更好用，"福尔摩斯说，"公家的人一出现，别人只会三缄其口。这些小鬼在街上跑来跑去，耳朵灵得很。不过他们也像尖锐的针一样，需要组织。"

"你雇他们是因为布里克斯顿街的案子吗？"我问。

"是的，我想要确定一件事情。不过我早晚都能确定。啊哈！有一个想报仇的人带着消息来了！格雷格森一脸喜悦地往我们这里走过来，一定是找我们的。对，他停下来了，是来找我们的！"

尖锐的门铃声响起，不一会儿这位头发梳得油亮的侦探走上楼来，他一次走三个阶梯，大刺刺地冲进我们客厅。

"我亲爱的朋友们，"他叫着，一面紧握着福尔摩斯那没有反应的手，"快恭喜我吧！我已经把事情搞定了。"

我似乎看见同伴脸上闪过一丝不安的表情。

"你是说你已经把问题解决了？"他问。

"解决了！没错，先生，我们已经将那个人铐起来了。"

"他叫什么名字？"

"阿瑟·夏邦蒂尔，皇家海军中尉。"格雷格森一边说一边夸张的搓着他那双肥手，深吸一口气将胸膛鼓出来。

福尔摩斯这才松了一口气，脸上有了笑容。

"请坐，顺便试试雪茄，"他说，"我们很想听听你是怎么办到的。要不要来杯掺水威士忌？"

"好啊！"警探回答，"这几天我真是累坏了。没有什么体力工作，你知道的，就是脑袋里的压力太大了。你理解我的意思，福尔摩斯先生，因为我们都是脑力工作者。"

"你太客气了，"福尔摩斯严肃地说，"先给我们讲讲你是怎么破案的。"

警探在扶手椅上坐下来，满意地抽着雪茄。突然，他兴奋地用力拍打大腿。

"太有意思了，"他大声说，"那个自以为聪明的雷斯垂德其实很蠢，从一开始他的思考方向就是错的。他一直怀疑那位跟案情毫无关联的秘书斯坦格森，我猜他现在已经抓到那个秘书了。"

这段话大概搔到了格雷格森的痒处，他笑个不停，直到呛到才停下来。

"那你是怎么找到线索的?"

"哈哈,我现在详细地告诉你。当然,华生医生,这是非常机密的信息,绝对不能外传。我们首先要做的,就是查出这位死掉的美国佬的背景。有些人可能会苦苦等候有人响应报上的广告,或是有人自动出现提供线索,但这不是我托比亚斯·格雷格森办案的风格。你们记得尸体旁边的那顶帽子吗?"

"记得,"福尔摩斯说,"是坎伯韦尔路一百二十九号约翰·安德伍德父子做的。"

格雷格森看上去十分沮丧。

"我没想到你已经注意到了,"他说,"你去过那个地方了吗?"

"没有。"

"哈!"格雷格森松了一口气,大声说,"不论机会多么渺茫,你都不应该放弃。"

"对一个聪明人来说,没有所谓的渺茫。"福尔摩斯文绉绉地说。

"我去拜访安德伍德先生,问他是否卖过那样一顶帽子,他翻开账本,马上就找到答案。他之前将帽子送到住在托基路夏邦蒂尔家膳宿公寓的德雷伯先生,这是我得知德雷伯住址的过程。"

"聪明!非常聪明!"福尔摩斯喃喃自语。

"然后我去拜访夏邦蒂尔夫人,"格雷格森继续说,"我发现她脸色苍白,忧心忡忡,当时她女儿也在屋里,她女儿是一个相当标致的女孩。夏邦蒂尔夫人和我说话时,她的女儿两眼红肿,双唇不停颤抖。这些我都注意到了，我开始怀疑事有蹊跷。福尔摩斯先生，你很清楚这种感觉，我们的直觉不会放过空气中任何一丝战栗的气息。'你的前房客，克里夫兰市来的德雷伯先生离奇死掉了，你知道这个消息吗？'我问。

"这位母亲点点头，她似乎一句话都说不出来，而她女儿在一旁突然号啕大哭。我更加确定这两个人一定知道一些内幕。

"'德雷伯先生是几点离开这里去火车站的？'我问。

"'晚上八点，'夏邦蒂尔夫人说，她清了清喉咙，稍微恢复镇定，'他的秘书斯坦格森先生说有两班火车，九点十五分和十一点，德雷伯先生要赶第一班。'

"'那是你最后一次见到他吗？'

"我问这个问题时，这个女人突然面如死灰，过了好几秒才挤出'是的'两个字，但她的声音极其沙哑和不自然。

"然后屋里沉默了一阵子，再然后她女儿以平静而清楚的口吻说话了。

"'妈妈，说谎对我们是不会有好处的，'她说，'我们跟这位先生说实话吧！我们后来见过德雷伯先生。'

"'愿上帝宽恕你！'夏邦蒂尔夫人大叫，激动地挥舞着手，瘫坐在椅子上，'你刚刚杀了自己的哥哥。'

"'阿瑟也会希望我们说实话。'女孩坚定地回答道。

"'你最好将事实全部告诉我，'我说，'将事情说一半比完全不说还糟糕。而且，你并不清楚我们到底知道多少。'

"'爱丽丝，这件事你自己负责！'她母亲大叫，然后转向我，

"'我会全都告诉你,长官。请别认为我这么激动是因为害怕他跟这件可怕的案子有关,他完全是无辜的。我害怕的是,他碰到你或者你的同事时会选择妥协。这件事不可能是他做的,我以他的人格、职业和过去保证,他不可能犯罪。'

"'最好的办法就是你将事实经过清楚地告诉我,如果你儿子真是无辜的,你完全不用担心。'

"'也许吧!爱丽丝,你最好离开一下,'她说,她的女儿马上起身走开,'听着,先生,'她继续说,'我原本不打算告诉你的,但是我那可怜的女儿既然说出来了,看来我别无选择。我已经决定告诉你事情经过,我一定会一五一十地说,绝对不会有任何遗漏。'

"'你做了最聪明的选择。'我说。

"'德雷伯先生住在我们这里将近三个星期。他和秘书斯坦格森先生一直在欧洲大陆四处旅行,我在他们俩的皮箱上看到哥本哈根旅馆的标签,这表明那里是他们的前一站。斯坦格森是一个安静而含蓄的人,但是他的老板啊!他与秘书的个性截然不同。他个性暴躁粗鲁,在这里的第一天晚上就醉得不省人事,而且他白天不到十二点是不会起床的。他跟仆人说话时态度非常轻蔑、粗俗,最糟的是,他后来跟我女儿爱丽丝说话时态度也是如此,而且还变本加厉,还好我女儿太天真,听不懂他话中的意思。有一次他甚至抓住我女儿将她抱在怀里,那粗鲁的态度连他的秘书都看不下去,当场指责他太过分了。'

"'你为什么要忍受这些?'我问,'你只要愿意,随时都可以将房客赶出门。'

"夏邦蒂尔太太对这个问题很敏感,突然一阵脸红。'我发誓,我在他到的第一天就提醒过他了。'夏邦蒂尔太太说,'但是租金实在太诱惑人了。他们俩每天各付一英镑的租金,也就是说一星期十四英镑,现在又是租屋淡季。我只是一个寡妇,我那在海军服役的儿子花掉我不少钱,我实在不愿平白放弃这份收入,因此我尽量忍耐,表现出风度。但是那一次他实在是太过分,因此我在向他说明原因后请他离开。这就是他们搬走的原因。'

"'然后呢?'

"'我看着他的马车离开才放心。那时候我儿子刚好休假在家,但是我不敢将事情告诉他,因为他的脾气很暴躁,而且非常爱护他的妹妹。马车走远,我将门关上,觉得心里一块大石头终于落了下来。但是不到一小时,门铃响起,德雷伯先生又回来了。他看起来很激动,显然刚喝了酒。他径自走进我和女儿正在聊天的房间,一边语无伦次地抱怨错过火车的事情。然后他转向爱丽丝,竟然就在我的面前向她求婚,要爱丽丝跟他一起走。你已经是成人了,他说,法律并未禁止你这么做。我有足够的钱让你花,不要管这个老太婆,现在就跟我走吧!你应该过公主一样的生活。可怜的爱丽丝非常害怕,颤抖着一步一步往后退,但是他抓住爱丽丝的手腕,使劲将她往大门的方向拉,我放声尖叫。就在这个时候,我儿子阿瑟走进房间,接着发生什么事我就不知道了。我只听到一连串的咒骂声,混杂着打斗的声音,我很害怕,根本不敢抬起头来。我终于将头抬起来时,只看到阿瑟站在门边大笑,手里拿着一根棍子。我想那个人渣不会再来烦我们了,他说,我要跟踪他,看他还能玩出什

么把戏来。他说完这句话,便拿着帽子上街了。第二天我们就听到德雷伯先生离奇死亡的消息。'

"这段话是夏邦蒂尔太太亲口说的,她说话时经常大口喘气,偶尔还会停下,有时她的声音实在太小,我几乎听不清她在说什么。但是她讲述时我用笔记下了大概,所以应该不会有错。"

"还真是刺激,"福尔摩斯打了个大哈欠,"然后呢?"

"夏邦蒂尔太太说完后,"格雷格森继续说,"我发现整件案子就剩一个疑点有待厘清了。我用一种我觉得对女人很有用的眼神静静凝视着夏邦蒂尔,问她儿子是什么时候回来的。"

"'我不知道。'她说。

"'不知道?'

"'不,我不知道。他有一把大门钥匙,回来了会自己进门。'

"'在你上床睡觉后吗?'

"'是的。'

"'你几点睡觉的?'

"'大概十一点。'

"'所以你儿子离开了至少两个小时?'

"'是的。'

"'也有可能是四五个小时。'

"'是的。'"

"'他在那段时间里做了什么?'

"'我不知道。'她回答,嘴唇突然间变得惨白。

"我很清楚下一步该做什么。我查到夏邦蒂尔中尉的军营所在地，带了两个警察过去将他逮捕。我拍拍他的肩膀，叫他安静地跟我们回局里时，他竟然毫无廉耻地回答说：'我猜你们怀疑我涉嫌德雷伯那无赖的死，所以将我逮捕。'我们根本什么都还没提，这表明他真的很有嫌疑。"

"的确是。"福尔摩斯说。

"据他母亲说，他出门跟踪德雷伯时，手上拿着一根棒子。那是一根很结实的橡木棒。"

"那么你的推理是什么？"

"我的推理是，他一直跟踪德雷伯到布里克斯顿街，他们俩在那里又起了争执，最后德雷伯被他用那根棒子重重地打了一下，也许是打在腹部，所以尸体上才没有任何外伤。那天晚上下大雨，路上空无一人，夏邦蒂尔将尸体拖到那间空屋。至于蜡烛、血迹、墙上的字迹和那枚结婚戒指，都可能只是用来转移警方注意力的陷阱。"

"太好了！"福尔摩斯夸赞说，"格雷格森，说真的，你已经有点进步了。我们应该好好奖励你一下。"

"其实事情进行得这么顺利，我自己也觉得很骄傲，"格雷格森自满地说，"那位年轻人自愿写了一份声明，说他跟踪德雷伯一段时间后，被德雷伯发现，于是德雷伯叫了一辆马车甩掉了他。然后他就回家了，在路上碰巧遇到同船的一位船员，因此两个人在路上散了一会儿步。我问他那位船员住在哪里，他支支吾吾的，答不出来。我觉得整件案子的各个部分出乎意料地吻合。让我觉得不可思议的是，雷斯垂德竟然从一开始就查错了方向，我认为他大概查不出个所以然。因为,老天啊!要抓的人已经在局里了呀!"

说曹操曹操就到。就在我们说话时,门外传来有人上楼的脚步声,接着雷斯垂德出现在我们眼前。这位原本行为举止、穿着都显得自信与得意的警探,此刻却郁郁寡欢。他衣衫不整而且肮脏,表情凝重而且心不在焉。他显然是来求救于福尔摩斯。他发现同事也在这里后,显得很难为情并且极度不安。他站在房间的正中央,一只手紧张地胡乱摸着帽子,不知如何是好。"这真是一件极端不寻常的案子,"最后他终于说道,"真的让人完全摸不着头绪。"

"啊!雷斯垂德先生,你真的这么认为?"格雷格森得意洋洋地说,"我早就料到你会这么说。你打算找那位秘书斯坦格森先生吗?"

"那位秘书斯坦格森先生,"雷斯垂德严肃地说,"今天早上大约六点在哈利迪私人旅馆被谋杀了。"

7 黑暗中的一道曙光

雷斯垂德带来的见面礼,一个完全出乎意料的大消息,让我们三个人立即傻了眼。格雷格森从椅子上跳起来,打翻了他那杯还没喝完的掺水威士忌。我静静地盯着福尔摩斯,他的嘴唇紧紧地抿着,眉毛也低垂着。

"斯坦格森也遇害了!"福尔摩斯低声说,"案情真是越来越复杂了。"

"本来已经够复杂的了,"雷斯垂德发牢骚说,拉了张椅子坐下,"我感觉自己就好像在参加军事参谋会议。"

"你确定?这个消息确切吗?"格雷格森结结巴巴地说。

"我刚刚从他的旅馆房间出来,"雷斯垂德说,"我是第一个发现的人。"

"我们刚刚听了格雷格森对这件案子的心得,"福尔摩斯说,"你介不介意也说说你的成果和感想?"

"我不介意,"雷斯垂德回答,在椅子上坐好,"必须承认,我之前一直坚信斯坦格森和德雷伯的死脱离不了干系,而刚刚发生的事件证明我完全错误。我因为一直视这位秘书为唯一的嫌疑犯,因此决定找到他的下落。三号晚上大约八点半,还有人看见他们俩在尤斯顿车站,凌晨两点德雷伯被发现陈尸布利斯顿路,我根据这些事实，决定查出斯坦格森从八点半到案发时这段时间的行踪，以及案发后的去向。我发了封电报到利物浦，将这位秘书的样子形容了一下，提醒他们特别注意港口的美国船只。然后我就开始查访尤斯顿区所有的旅馆和寄宿公寓。我认为如果德雷伯和秘书最后分开了，那么这位秘书一定会想办法在市区过夜，第二天早上再到车站。"

"他们可能事先约好了在哪里碰面。"福尔摩斯补充道。

"没错。我昨天一整晚都在市区到处寻找秘书的下落，但是一无所获。我今天一大早出门继续找，一直到八点才来到乔治街的哈利迪私人旅馆。我问是否有一位斯坦格森先生住在这里，他们马上回答有。"

"'原来你就是他一直在等的那位先生，'他们说，'他已经等了两天了。'

"'他在哪里？'我问。

"'在楼上睡觉。他叫我们九点叫他起床。'

"'那我现在上去找他。'我说。

"我那时心想，我的出现一定会让他紧张，他在猝不及防的情况下也许会说出一些重要信息。行李员主动带我上楼去他的房间。我们上到二楼，经过一段短短的走廊，行李员把他的房间指给我看。就在行李员准备下楼去的那一刹那，我发现一件让我觉得非常恶心的事情——尽管我干这一行已经二十多年了。那扇房门下方有一摊带状血迹，血已经流过走廊到了对面的墙壁下面，在墙角形成蜿蜒的血流。我立即惊声尖叫，行李员回过头来看发生了什么事情。他看到那摊血后几乎昏了过去。门被从里面反锁了，我们使劲用肩膀将门撞开。房里的窗户是开着的，窗户旁边躺着一具穿着睡衣的蜷缩的男性尸体。他显然已经死了一段时间，手脚冰冷又僵硬。我们将他翻过身来，行李员马上认出他就是以斯坦格森的这个名字登记的先生。死因是左胸口被刺了一刀，伤口深及心脏。下面我要说这次谋杀最奇怪的部分了，你们觉得凶手为什么要杀他？"

福尔摩斯回答之前，我就感觉到全身肌肉在颤抖，因为我知道会听到非常可怕的事情。

"写在墙上的那个血字，RACHE。"他说。

"就是它。"雷斯垂德惊恐地说。满室的人静默了一阵子。

这位凶手计划周详又令人难以理解，整个案子越来越惊悚骇人了。我的神经之前还算稳定，但现在快要崩溃了。

"有人看见凶手，"雷斯垂德继续说，"一个给牛奶店送牛奶的男孩。他刚好经过通到旅馆后面马棚的一条小巷子，他注意到平常平放在地上的梯子，被人架在了二楼一扇打开的窗户旁边。男孩走过那里后又回头，看到一个男人从梯子上爬下来。那人下来时不慌不忙，安静无声，男孩以为他是在旅馆工作的木匠，于是没有多看几眼，只是奇怪这个人怎么那么早就来上班。他只记得这个人很高，脸色红润，身穿一件咖啡色长大衣。他杀了人之后应该在房里待了一段时间，因为我们在洗脸盆发现他将手上的血洗掉时留下的血迹，还有他故意用床单擦拭凶刀的痕迹。"

雷斯垂德在描述凶手模样时，我特意看了福尔摩斯一眼，因为凶手的模样跟他的推断实在太相似。但是我在他脸上没看到一丝满足或得意。

"你在房里没有找到任何有关凶手的线索吗?"他问。

"没有。我在斯坦格森的口袋里找到了德雷伯的皮夹,但这似乎很正常,因为德雷伯负责所有开销。皮夹里有八十多英镑,其他东西也一样没少。不管这两件离奇案件凶手的动机是什么,但绝对跟抢劫无关。死者口袋里没有任何纸条或是记事本,只有一封电报,大概一个月前从克里夫兰寄来的,上面写着'J.H. 在欧洲',电报没有署名。"

"没有其他的吗?"福尔摩斯问。

"没有什么重要的。床上有一本死者睡前看的小说,死者的烟斗在尸体旁的一张椅子上,桌上有一杯水,窗台上有一个小药罐,里面装了几颗药丸。"

福尔摩斯听到这里,兴奋地从椅子上跳起来。

"就是这小药罐,"他高兴地叫道,"案子已经破了。"

两位警探不可思议地盯着他。

"我知道是怎么回事了,"福尔摩斯信心满满地说,"到目前为止,所有的线索似乎一团混乱,还有些细节必须查证,但此刻我已经几乎能将整件案子的大体面貌说出来了。从德雷伯和斯坦格森在车站分开,到斯坦格森的尸体被发现,我可以清楚地叙述这整个过程。我会将我的推理告诉你们。你可以拿到那些药丸吗?"

"我带来了,"雷斯垂德说,一边拿出一个小小的白色盒子,"我将药丸、皮夹与电报全都带出来了,本来是想放在警察局里比较妥当的地方。我原本是不想拿上药丸的,因为我觉得它们不重要。"

"把东西给我,"福尔摩斯说,"医生,你看看,"他转身对我说,"这些是普通的药丸吗?"

当然不是。这些小小的圆形药丸,呈现有如珍珠般的灰色,在灯光下几乎是透明的。"从色泽和透明度来看,我想应该是水溶性药丸。"我说。

"完全正确,"福尔摩斯回答说,"现在可不可以请你下楼将那条已经病得奄奄一息的可怜小狗带上来,房东太太昨天不是希望你给它做安乐死吗?"

于是我下楼将小狗抱上来。它吃力地喘息着,眼睛浑浊,一副快要撑不下去的样子。嘴边白花花的毛发表明,这是一条已经超过一般寿命的狗。我将狗放在地毯上的一块小垫子上。

"我现在将一颗药丸切成两半,"福尔摩斯说,拿出一把小刀马上下手,"我将其中一半放回去,以备不时之需,将另外一半放进装有一汤匙清水的酒杯里。你们要相信我们的医生朋友,这半颗药丸很快就会溶化。"

"这个实验或许很有趣,"雷斯垂德以一种怀疑被嘲笑的自卫口气说,"但是我看不出这跟斯坦格森的死有什么关系。"

"耐心,朋友,要有耐心!你马上就会发现这和他的死非常有关系。我现在加一点牛奶进去,让这杯东西变得可口一些,这样小狗就很乐意舔了。"

他说话时将酒杯里的液体倒进一个小碟子里,拿到小狗面前。小狗马上就将液体舔得一干二净。福尔摩斯那么专注和自信,我们其他三个人都静静地坐着，专心地看那条小狗，等待可怕的事情发生。然而什么事情也没发生，小狗仍然直直地躺在垫子上，吃力地喘着气，显然药丸对它一点作用都没有。

福尔摩斯之前已经拿出了表，时间一分一秒地过去，小狗仍然没有任何变化，他脸上渐渐出现非常失望与懊恼的表情。他紧咬着嘴唇，指头不停敲打着桌子，显得不耐烦且暴躁。他的情绪表现得太强烈，我不由得为他感到难过，两位侦探在一旁冷笑着，显然对他的这个实验很不以为然。

"事情不可能这么巧，"福尔摩斯最后从椅子上跳起来，大叫道，然后在屋里大步来回踱步，"不会有这么巧的事情。我怀疑这种药丸导致了德雷伯的死亡，而药丸竟然在斯坦格森死后被发现，但现在这药丸却不起任何作用，这表明了什么呢？我绝对相信到目前为止我的推理都是正确的。绝对不可能！这条小狗竟然一点反应都没有。啊！我知道了！我知道了！"他高兴地尖叫一声，急忙跑到小盒子旁边，将另外一颗药丸切成两半，将两半药丸全都丢进水里，再加入牛奶，将混合液体拿给小狗。这条不幸的小狗几乎还没有吞下第一口，就严重四肢痉挛，然后就像遭受电击一般，硬邦邦地躺在那里，死了。

福尔摩斯深深地吸了一口气，将额头上的汗水抹去。"我应该对自己更有信心，"他说，"我早该知道，当事实与精确推理的结果不符，表明事实肯定还有其他解读方法。盒子里的两颗药丸，一颗是能置人于死地的毒药，另外一颗则完全无害。我应该在看到盒子时就想到这一点。"

他的最后一段话太惊人，我不禁怀疑他是否神志清醒。但是眼前的确有一条死狗，证明他的假设是正确的。我感觉到心里的一团迷雾正渐渐散去，对于整件事的来龙去脉，我隐隐约约明白了。

"你们可能会觉得这些事情很奇怪，"福尔摩斯继续说，"因为你们从一开始就忽略了摆在眼前的唯一重要线索的重要性。我运气好，一开始便锁定那条线索，之后发生的所有事情都和我原先的假设吻合，这是必然的。那些困扰你们、让案情变得更胶着的事情，让我得到了很多启发，也印证了我的推理。将'奇怪'与'神秘'混为一谈大错特错，最平淡无奇的案件往往最难解，因为没有新奇或特别的地方可供推理。如果在这件谋杀案中，尸体是在铁轨上被发现的，案发后也没有那些诡异而且骇人听闻、强化了案情悬疑性的枝枝节节，那这件案子的难度会高很多。这个案子里那些奇怪的细节，其实并没有让案情复杂化，反倒是让推理变得简单了。"

格雷格森听完这段长篇大论后很不耐烦，再也不能控制自己。"听着，福尔摩斯，"他说，"我们都知道你很聪明，而且做事方法独特，但是，我们现在不需要所谓的理论和教条。重点是要抓到凶手，我已经抓到一个，但似乎抓错人了。青年夏邦蒂尔跟第二件案子不可能有关系。雷斯垂德紧守着斯坦格森不放，但他的推论显然也是错的。你一直东暗示一点，西暗示一点，一副比我们知道更多的样子，现在是坦白的时候了。我们应该问得更清楚一些：你到底对整件案子知道多少？你能说出谁是凶手吗？"

"先生，我也觉得格雷格森说得没错，"雷斯垂德补充说，"我们两个都试过了，也都失败了。从我进来这个房间开始，你不断说已经了掌握有利的线索。我想你不会继续隐瞒吧。"

"不早点将他抓到,"我说,"他有可能会继续犯罪。"

我们三个共同施压,但福尔摩斯显得犹豫不决。他继续在屋里走来走去,头垂在胸口,眉毛曲垂。他苦思时总是这种姿势。

"不会再有下一桩了,"他突然停住,面向我们说,"你们不必担心这个问题。我知不知道谁是凶手,我知道。但是,知道他的名字小事一桩,将他抓到才是真本领。我很快就出去找他,我希望由自己小心谨慎地安排抓捕的事情,因为我们要对付的是一个凶狠奸诈的角色,而且据我判断,还有一个跟他同等厉害的角色在协助他。这个人只要不知道有人明白事情真相,应该不难抓到他。但是他一旦起一丝疑心,很有可能会立即改名字,马上消失在伦敦的四百万人之中。我不想伤你们的感情,但还是必须说,警方根本不是这些歹徒的对手,所以我还没有寻求你们的支援。如果我失败了——这很有可能——肯定是因为自己疏忽,但我已经做好了心理准备。但我可以向你们保证,我会尽量不让自己陷入危险中,我会小心的。"

格雷格森和雷斯垂德听到这一段暗讽警方办案能力低下的话,显得非常不悦。格雷格森脸上的红一直延伸至淡黄色的发根处,雷斯垂德那双弹珠一般的眼睛,因为好奇与愤怒熠熠发光。但是他们两个人没来得及说话,外面传来敲门声。那群乞丐的代表小威金斯来到房间,向大家问好。

"请吧!先生,"他摸摸额头上的头发说,"马车已经在楼下等着了。"

"好孩子，"福尔摩斯温柔地说，"你们苏格兰场为什么不用这种手铐呢？"他继续说，从抽屉拿出一副钢制手铐，"看这弹簧做得多好，一下子就铐得牢牢的。"

"旧的款式已经够好了，"雷斯垂德说，"只要我们能将手铐铐在犯人手上。"

"很好，很好，"福尔摩斯笑着说，"或许可以让车夫帮我搬箱子。请他上楼来吧！威金斯。"

我很惊讶同伴说话的口气，他好像要出远门，但他完全没有跟我提过这件事。公寓里只有一个小行李箱，他把箱子拉出来，开始系皮带。车夫进门时，他仍在忙着打理行李箱。

"车夫，请帮我把这个扣起来。"他跪在行李旁边说，并没有回头。

车夫面色阴沉，带着点挑衅的表情，缓缓走向福尔摩斯，弯下身准备帮忙。就在这一瞬间，房间里响起"卡哒"一声尖锐的金属声，福尔摩斯跳了起来。

"各位，"他目光灼灼，大声叫道，"请允许我向你们介绍谋杀德雷伯和斯坦格森的凶手，杰弗逊·霍伯先生。"

事情发生得太突然，我措手不及，不知道发生了什么事。那一刹那，我清楚地看见福尔摩斯脸上耀武扬威的表情，听到他铿锵有力的声音，看到那位车夫恶狠狠地瞪着手铐，脸上是既凶残又有些许茫然的表情，仿佛他手腕上的手铐是魔术师瞬间的杰作。大概有一秒到二秒的时间，我们像几尊雕像般呆立着。紧接着，这位犯人发出一声怪诞的怒吼，用力扭动着身体逃离福尔摩斯的掌握，然后打算破窗而出。窗框上的木屑与玻璃块四处飞散,就在他将玻璃完全撞碎前,格雷格森、雷斯垂德和福尔摩斯三人像猎鹿犬一般一起冲向他,将他抓回屋里,然后是一阵激烈的打斗。这个人实在孔武有力,我们四个人被他甩开好几次。他似乎有癫痫患者的勇猛暴发力,虽然脸上和手上有他撞击窗玻璃时留下的多处严重撕裂伤,虽然伤口出血不止,但他的力气似乎未受丝毫影响。直到雷斯垂德顺利将双手伸进他的领巾,将他勒得快要不能呼吸,他才惊觉挣扎是没用的。尽管如此,我们仍觉得不放心,于是将他的双手双脚全都绑起来。然后我们站直身体,在一旁气喘吁吁。

"我们有他的马车,"福尔摩斯说,"可以用马车把他带到警察局去。那么现在,先生,"他继续说,脸上出现和煦的笑容,"这件离奇的案子暂时告一段落。如果有任何疑问,欢迎踊跃提出,不用再担心我不会回答了。"

第二部

圣徒之国

1 广袤的荒原

北美洲大陆的中央,有一片荒凉贫瘠的沙漠,长久以来,这块沙漠一直都是阻挡先进文明的屏障。西起内华达山脉,东到内布拉斯加州,北起黄石河,南至科罗拉多河,这一片地方尽是荒芜与死寂。在这片凄凉的地区,自然景观多样。有终年积雪的崇山峻岭,有阴暗昏沉的山谷,湍急的河流在山石嵯峨的峡谷间奔流。还有许许多多冬天白雪皑皑、盐碱粉末飞扬的大平原。但每一种景观都给人荒芜不毛、无限凄凉之感。

这片无望的土地上人迹罕至。偶尔会有波尼族或黑脚族印第安人的队伍经过,前往下一个狩猎区。即使是最英勇最坚强的人,都希望尽快走出这片荒原,投入大草原的怀抱。因为灌木丛里可能躲着土狼,秃鹰在天空中盘旋,虎视眈眈,行动迟缓的大灰熊在阴暗的山谷里到处猎食果腹。这些动物是这片土地上的长期居民。

全世界大概没有一个地方,比从布兰科山脉北麓看上去更加荒凉。站在这里俯瞰,视野能及尽是矮小的灌木丛分割而出的一块块盐碱地。远处的地平线上,是成排覆盖着白雪的峻峭山峰。这片辽阔的土地上既没有生命,也没有与生命有关的东西。铁青色的天空飞鸟绝迹,这片灰沉沉的土地上一片死寂。侧耳谛听也听不到任何一丝声响。

刚才说过，这片土地上没有和生命有关的东西，这种说法并不准确。从布兰科山上往下眺望，可以看见一条横跨沙漠的小径，小径弯弯曲曲地向前延伸，消失在地平线上。小径上有马车轮辗过与许许多多拓荒者踏过的痕迹。艳阳下，小径四周到处都是白色的发光物体，那些发光体在布满碱粉末的荒原上看起来特别显眼。走近仔细一看，那些全是骨头！有些大而粗糙，有些则小而细致，前者是牛骨，后者是人骨。人们就在这条绵延一千五百英里的商旅道路上，沿着前人倒毙路旁的累累白骨前行。

一八四七年五月四日，一位孤独的旅者从山上俯瞰这样的情景。他看上去像四十岁，也像六十岁。他仿佛这片土地上的精灵或魔鬼。他的脸消瘦而且憔悴，羊皮纸一般写满风霜的褐色皮肤，紧紧包裹住突出的颧骨；咖啡色的长发和胡须已经斑白；双眼深陷，散发出一种不自然的炙烈光亮；拿着步枪的手和身形一样消瘦。他站立时以武器作为支撑点，但从那又高又瘦的身形可以看出他曾经十分健壮。只是现在面颊消瘦，神情憔悴，骨瘦如柴，衣服破烂，看起来垂垂老矣。这个人快要不行了，他又饿又渴，已经走到生命的尽头。

他已经艰辛地翻越整座峡谷，又吃力地爬上这个小小坡地。但很不幸，他还是没能找到水。呈现在他眼前的，是一大片盐碱地，以及地平线上绵延的荒山。放眼望去没有一棵树，而只有树才会有水汽。这片广阔的土地上，一点希望也没有。他用疯狂而疑惑的眼神，往北看，往东看，往西看，最后终于明白，漂泊生涯即将结束，他的生命也即将结束，就结束在这片贫瘠的岩石上。"现在死在这里,跟二十年后死在羽毛棉被覆盖的床上,有什么两样呢?"他一边自言自语,一边在一颗大鹅卵石旁的隐密处坐下来。

他坐下来之前,将再也没有用处的来复枪放在地上,卸下一路一直背在右肩上的以灰色披肩裹起来的行李,这包东西显然对他现在的体力而言过于沉重,行李被卸下后立即受地心引力吸引掉在地上,发出轻微的撞击声响。然后,灰色的包裹里发出一声轻微的哀号,接着披肩被掀开,出现一张小小的惊恐的脸庞,还有一双晶亮的褐色大眼睛,两个带有斑点的拳头。

"你弄痛我了!"稚嫩的声音斥责说。

"喔!是吗?"男人懊悔地说,"我不是故意的。"男人一边说一边将灰色披肩打开,从包裹里跳出一个大约五岁的漂亮女孩。女孩身穿粉红色精致外套和麻制小围裙,鞋子也很漂亮,看起来像个受到妈妈精心照顾的小孩。但她脸上没有血色,不过从她矫健的身手来看,她显然不像苦命的同伴那样受罪。

"现在觉得怎么样?"他不安地问,因为女孩仍用手揉着那被金色鬈发覆盖的后脑勺。

"亲它一下,它就会好一点,"她认真地说,将受伤的地方给他看,"妈妈都是这样做的。妈妈在哪里?"

"妈妈走了。我想你很快就会见到她。"

"啊,走了!"小女孩说,"很奇怪,她没有跟我说再见。她每次去阿姨家喝茶前都会跟我说再见,现在她已经离开三天了。嗯,这里真的很干,对不对?没有水喝,也没有东西吃吗?"

"没有,什么都没有,亲爱的。再忍耐一下子就没事了。把你的头抬起来,靠向我这边,你会觉得舒服一些。嘴唇干成这个样子实在不容易说话,但是我想得把事实告诉你。你手里拿的是什么?"

"美丽的东西!很美喔!"小女孩手里拿着两片闪闪发光的云母板岩片,兴奋地叫道,"我们回家后,我要把这个送给鲍勃哥哥。"

"你马上就会看到比这个更漂亮的东西了,"男人信心满满地说,"不需要再等很久了。我正准备要告诉你——你记得我们是什么时候离开那条河的吗?"

"喔!记得。"

"嗯,我以为很快就会找到另一条河,但是出了问题,不知道是指南针、地图,还是其他什么的出了差错,反正没有找到河。后来只剩下一点点水,留给你这种小孩子喝。后来——"

"后来你连脸都没法洗了。"小同伴严肃地打断他,一面盯着他那肮脏的面容。"是的,连喝都不够。班德先生,他是第一个走的,接着是印第安人佩蒂,然后是麦克格莱德太太和约翰·宏斯,最后是,亲爱的,你的妈妈。"

"所以妈妈也死了。"小女孩哭着说,然后把脸埋进小围裙里,难过地啜泣着。

"是的,除了你跟我之外,其他的人全死了。我以为这个方向可能会有水,因此将你背在肩上一起走,但是到目前为止我什么都没找到,现在我们活下去的希望也非常渺茫了!"

"你的意思是,我们也快要死了?"小女孩停止抽泣,抬起满是泪痕的脸庞问。

"我想大概是吧!"

"你为什么不早一点说?"她愉快地笑着说,"你吓了我一大跳。为什么要不开心呢?我们都死掉,就可以跟妈妈团圆了。"

"是的,你会和妈妈团聚的,亲爱的。"

"你也会的。我会告诉她你一路上对我有多好。我向你保证,她会拿一大壶水在天堂的门口等我们,还有很多刚烤出来的热腾腾的荞麦蛋糕,就是我和鲍勃喜欢吃的那种。我们大概还有多久才会死掉?"

"我不知道,大概快了。"男人的眼睛紧盯着北边远处的天际。湛蓝色的天空里突然出现三个小斑点,斑点越变越大,快速往这个方向移动,接着三个点瞬间便成了三只咖啡色的大鸟,在这两位旅人的头顶上盘旋着,最后栖息在附近的岩石上俯瞰他们。它们是西部著名的死亡之神——秃鹰——预告死亡的冷血鸟类。

"是公鸡和母鸡!"小女孩高兴地说,手指着那三只虎视眈眈的秃鹰,然后拍着手想让它们飞起来。

"你说,是上帝创造了这个国家吗?"

"当然喽!"小女孩的同伴说,被这突如其来的问题吓了一跳。

"他创造了伊利诺,也创造了密苏里,"小女孩继续说,"我想一定是别人创造了眼前这些地方,而且似乎设计得不够好,忘记把水和树放进去了。"

"我们来祷告,你觉得怎么样?"男人小心翼翼地说。

"还没有到晚上啊!"她回答。

"没关系的,虽然现在不是晚上,但是我想上帝不会介意的。你把我们坐马车经过平原时你每天晚上跟上帝讲的话全部再说一遍。"

"你自己为什么不说?"女孩疑惑地看着他。

"我不记得了,"他回答,"我自从有这杆枪一半高之后,就再也没祷告过了,不过我想什么时候祷告都不迟,你先祷告吧!我会在一旁跟着你说。"

"那么你必须跪下来,我也是,"女孩说,将披肩在地上摊开来,"然后,你要把手举到这样高。这样你会觉得舒服的。"

那是一幅奇怪的景象,不过除了那三只秃鹰,永远不会有人知道。两个旅人肩并肩跪在一块小小的披肩上,小女孩嘴里念念有词,另外一个是冷酷无情的探险者。女孩脸庞红润,男人神情憔悴,两张面孔在万里无云的苍穹下。他们诚挚地向与他们面对面存在的可敬畏的神灵祈祷。他们俩一个声音尖锐清晰,另一个低沉粗糙,在晴空下融合为一,共同祈求怜悯与宽恕。他们祷告完毕,坐回鹅卵石旁的阴暗处,最后女孩在守护者那宽阔的胸膛上睡着了。男人静静地看着女孩沉睡,但他也无法抵抗自然的力量,他已经三天三夜没睡过觉,他的眼皮慢慢合上,盖住困倦的双眼,脑袋渐渐垂到胸前。最后那斑白的胡须和女孩金黄的发梢交错在一起,两个人深沉安详地睡着。

这位旅人如果能够再撑半小时,就会看到一件奇怪的事情。这片荒凉的盐碱地远方的尽头,扬起一小撮雾状尘土,起初轻薄,远看与雾气相差无几。但烟尘渐渐越飞越高,越来越广,后来成为一团浓云,并且继续扩大。很显然,只有行进中的大队人马才能激起这样的烟尘。如果这是土地肥沃地区,人们会认为这是大队牛群。

但在这片不毛之地这是不可能的。滚滚烟尘离两个落难之人沉睡的峭壁越来越近。帆布顶篷车和武装骑士在烟尘中渐渐显现,这是一个正准备前往西部的浩大车队!队伍前端到达山脚下时,尾端竟然仍不见踪影。在这片无边的荒野上,四轮马车、独轮车络绎不绝,有的男人骑在马上,有的男人步行。一些扛着重物的女人蹒跚而行,一些小孩吃力地跟着马车慢慢地走,还有些小孩躲在白色车棚内向外窥望。这群人很明显不是普通移民,更像一支游牧民族,因环境所迫,正在寻找新的乐土。清澈的空气中,喧嚷的人声,马匹的嘶叫声,车轮的嘎吱声混成一片。但这些声音未能吵醒在他们头顶山上沉睡的两个人。

队伍的前方有一群表情阴森木然的骑士,每个人都穿着一身暗色毛织外衣,手里拿着步枪。队伍来到峭壁的底端时这群骑士突然停下来,开了一个小会。

"弟兄们,水源在右边。"一位头发灰白、唇线锐利、脸上胡子刮得很干净的男人说。

"向布兰科山脉右侧前进,我们可以到达格兰德河。"另外一个人说。

"不用担心水的问题,"第三个人大声说,"上帝既然能从岩石中引出水来,就不会遗弃他的子民。"

"阿门!阿门!"整群人齐声祷告。

就在队伍准备再度启程时,最年轻视力最好的那个小伙子突然指着队伍上方一处峭壁发出惊叹声。山顶上有个粉红色的东西正随风鼓动,在一片灰黑的岩石旁,那个小东西看起来那么醒目。一发现这异物，所有的骑士马上勒紧马缰，让马停下来，将步枪上膛。队伍后方的骑士飞奔过来支援。每个人此时嘴里都在念着"印第安人"这四个字。

"这里不可能有印第安人，"一位看起来像是领袖的长者说，"我们已经走过了波泥族人的势力范围，越过前面这座大山之前，不会再碰到其他部落了。"

"需要我前去看个仔细吗，斯坦格森兄弟？"一位队员问。

"我也去。""我也去。"数十个声音此起彼落。

"你们步行去，我们在这里等你们回来。"长者说。不一会儿，年轻的骑士全都从马背上下来，将马匹绑好，沿着陡峭的山壁，攀岩爬向那个引起所有人好奇心的不明物体。所有人快速而且安静地移动着，像是受过训练、充满信心、手脚伶俐的童子军。站在山脚下往上看的人，看着他们每一个人爬过一颗又一颗巨石，看着他们的身体消失在岩壁上，又出现在山巅与天空的交际处。那位一开始自告奋勇要上去察看的年轻人是这群人的领队，跟随者突然看见领队急速挥挥手，像是发现新大陆般惊讶。后续赶到的人看见眼前的景象，也都不约而同地愣住了。

光秃秃的山顶上有一块小小的平地，平地上杵着一个巨大的鹅卵石，一个高大但骨瘦如柴、留着长胡须的男人靠在鹅卵石旁。从沉静的表情和规律的呼吸来看，他正熟睡着。他身边躺着一个小女孩，小女孩两只圆润白皙的小手臂正圈在男人结实的褐色脖子上，头上的金色鬈发舒服地靠在男人穿着天鹅绒上衣的胸前。小女孩粉嫩的双唇微张着，露出两排雪白整齐的牙齿，脸上是儿童惯有的天真顽皮的表情。胖嘟嘟的白色小脚穿着一双干净的白色袜子,靴子的鞋扣环擦得晶亮。小女孩和她身旁这位皱巴巴、脏兮兮的同伴形成了强烈对比。三只表情严肃的秃鹰栖息在这对怪异旅人上方一颗石块的边缘。这群不速之客一出现,三只大鸟一齐发出失望而沙哑的叫声,拍着翅膀缓缓地飞走了。

三只大鸟讨人厌的叫声惊醒了两位正在沉睡的旅人,他们睁眼看到眼前的景象后显然很困惑。男人摇摇晃晃地站起来,往山下的平原看去,他沉沉睡去之前还一片寂寥的大荒原,现在竟然遍地都是人和各种野兽。他看到这奇景后,一脸的不可思议。他将瘦得只剩骨头的手举起遮在双眼上方。"我想,这就是他们说的海市蜃楼吧!"他喃喃自语。女孩站到男人身边,小手抓着他外衣的一角,沉默不语,但稚嫩的双眼疑惑地看着四周。

上来查看情况的一群人立即对这两位旅人解释,他们并不是什么海市蜃楼,一切都是真的。其中一个人将小女孩举起来放在肩膀上,另外两个人搀扶着憔悴的男人,慢慢地走向停马车的地方。

"我叫做约翰·费里尔,"这位旅人吃力地解释,"我和这个小孩是一个二十一人团队仅剩的两个人,其他人在南边不是饿死就是渴死了。"

"她是你的小孩吗?"一个人问。

"我想现在是吧!"憔悴的男人有点挑衅地大声说道,"她是我的孩子,因为我救了她。没有人可以把她从我身边抢走,从今天开始,她叫露西·费里尔。你们是什么人?"他好奇地盯着身边这群皮肤黝黑、身强体健的救命恩人,"你们人挺多的。"

"九千到一万人，"其中一个年轻人说，"我们是受到迫害的上帝的子民，是天使莫罗尼的选民。"

"我从来没听说过这个人，"旅人说，"他的选民似乎挺多的！"

"不要开神的玩笑，"另外一位严肃地说，"我们是相信金片上埃及镌文的虔诚信徒，金片是斯密约瑟在帕迈拉时拿到的。我们来自于伊利诺伊州的诺夫市，我们在那里已经盖了一座属于自己的神殿，现在是出来寻找避难所，躲避凶残人士的迫害，即使避难所在沙漠的正中央，我们也在所不惜。"

费里尔一听到诺夫市这三个字，马上恍然大悟。"我知道了，"他说，"你们是摩门教徒。"

"我们是摩门教徒。"其中一个人回答。

"你们要去哪里？"

"还不知道，神会通过先知带领我们。我们必须比先知早些出发，这样他才能告诉我们下一步往哪里去。"

这时一行人已经到达山脚下，立即被一大群信徒围住——脸色苍白但看起来温和婉约的女人们，嬉闹着的健康小孩们，还有眼神中透露出不安和执着的男人们。每个人的脸上都写满惊讶的表情，没一会儿惊讶变成同情，因为他们看到眼前的旅人竟然是一个小女孩和一个憔悴瘦弱的男人。带着这对旅人的青年穿过人群继续前进，一大群摩门教徒跟在他们后面。他们一直走到一辆豪华整洁且非常大的马车前。这辆马车有六匹马拉着，队伍中其他的马车大多只有两匹马，顶多只有四匹。马车夫的身边坐着一位年龄不到三十岁的男人，他脑袋硕大，眼神果决，一看就知道是这队人的领导。

他正在阅读一本咖啡色封皮的册子,群众逐渐靠近他时,他将册子摆在一旁,专心听取信徒简要讲述旅途上的这个小插曲,然后转向两位旅人。"你们如果想要我们带你们走,"他郑重地说,"必须先成为我们的信徒,教会里不容许异教徒存在。你们那有缺陷的平凡灵魂,将在这片荒原里逐渐受到我们精神的洗涤,最后结出完美的果实。你愿意接受这样的前提加入我们吗?"

"我想只要能跟你们一起走,什么前提我都可以接受。"费里尔语气庄重,好多长老不由得微微一笑。不过那位领导仍旧表情肃穆地说:"斯坦格森兄弟,带上他吧!"他说,"给他和那个小孩一点食物和水。他们就交给你了,你在路上顺便教教他们教义,我们已经耽搁太久了,上路吧!走吧!往天堂的方向走吧!"

"走吧!往天堂的方向走吧!"旁边的摩门教信徒齐声高喊,这几个字像骨牌一样,在漫长的队伍中蔓延开去,一直传到远远的尾端。一阵刺耳的鞭打声和马车轮的吱嘎声响起,这辆巨型马车动了起来,没多久整个旅队便开始缓慢地往前移动。那位被指派照顾这两位无家可归之人的长者,将两人带到自己的马车,车里已经有准备好的食物等着他们。

"你们就待在这里,"他说,"几天后就能恢复体力。请不要忘记,从现在开始,你们将永远是摩门教徒,刚才布里格姆·扬已经说过了,他是以斯密约瑟之口对你说的,而斯密约瑟说的话,就是神的旨意。"

2 犹他州的一朵花

这里不打算详述摩门教徒在路上所受的艰难困苦。他们凭借世所罕见的坚忍不拔精神，从密西西比河畔出发，终于在落矶山西麓停下来。一路上，他们凭借盎格鲁－撒克逊人不屈不挠的顽强斗志，克服了凶猛的野人、残暴的野兽、饥寒交迫与各种疾病等上天能降下的一切阻挠。然而长途跋涉和无尽的恐惧使他们中间最坚强的人也心力交瘁。当阳光下宽广的犹他州峡谷出现在他们眼前，当领导者说这就是神应许给他们的乐土，并且永远属于他们，所有人双膝跪在地上，将头深深埋在胸前，虔诚喃喃祷告感恩。

扬是个行事果断的领袖，也是个干练的行政长官。他很快就画好草图，制好表格，将未来城市的模样规划好了。城市周围的农田，按照每位教徒的地位分配，商贩和工匠依然做他们原来的工作。街道和广场像魔术般出现了。乡下开通排水系统，种植树篱，平整土地，栽培作物，到了第二年夏天，整个乡下是一大片金黄的麦子。这里的一切都欣欣向荣，但又有点奇怪。市中心的那座神殿越来越高大。从清晨的第一线曙光照射到地表开始，到满天繁星在城市上空闪烁，神殿周围斧头的敲打声和锯子的锉磨声从未间歇。信徒用这座神殿纪念引导他们度过艰险到达安全之地的神。

两个落难人，费里尔和小女孩跟随这群摩门教徒一直来到他们伟大征程的终点。费里尔收养了小女孩。小露西一路上都跟温和的斯坦格森长老在一起，长老有三个妻子，还有一个大约十二岁、个性颇为顽固的儿子。她虽然因为妈妈的死感到悲伤无比，但毕竟还是个童稚而天真的孩子，她在旅途中再次变得精神抖擞，很快得到马车上三个女人的宠爱，适应了这个移动的"家"。费里尔逐渐恢复健康，成了团队里有用的向导与强悍的猎人。他很快就获得了其他人的尊敬，旅行到达终点后，几乎所有的人都认为，他应该和其他所有的人一样得到土地。布里格姆是这群人的领袖，另外还有四位首席长老，分别是斯坦格森、肯博尔、约翰逊和德雷伯。

费里尔得到土地后，用圆木盖了一栋很大的房子。他不停地扩建，木屋逐渐变成宽敞的别墅。他心灵手巧，干活很卖力。铁打一般的体格使他能够从早到晚都在田里工作也不觉得累，所以他的田庄非常兴旺。三年后他比邻居们更富裕了，六年后成了小康之家，九年后变得非常富有，十二年后，整个盐湖城没有几个人的财富能比得上他。从这个内陆大盐湖到遥远的瓦萨奇山脉，人人都听过约翰·费里尔这个名字。

然而，费里尔在一件事上伤害了周围信教者的感情。无论旁人如何劝说、与他争论，他始终不愿意和他们一样娶妻成家。他从来没有解释自己为何如此，但一直毫不动摇地固执己见。有些人指责他对自己信奉的宗教不够虔诚，有些人说他太吝啬，不肯负担额外的开销，还有一些人猜测他有过恋爱经历，也许曾在旧大陆抛弃了一个金发女孩。总之费里尔一直保持单身，不论真实原因究竟是什么。他的其他一切行为都符合宗教的规定，因此他赢得了正派而守规矩的名声。

露西·费里尔在这栋木屋中长大，尽可能在各方面协助养父。对这个小女孩而言，山上刺骨的寒风和松树散发出来的特殊香气，早已替代了母亲和保姆。岁月流逝，她长得又高又健康，脸颊红润，脚步轻盈。赶路的人走过费里尔家农场旁高起的小路，看到她轻盈柔软的女性身影在麦田间穿梭时，或者偶然在山上与骑着父亲马匹的她不期而遇，看到她那优雅舒适的马上姿态，西部女孩的美姿美仪时，男人内心枯死许久的灵魂会不自主地荡漾起来。昔日的小小蓓蕾，如今已经绽放成一朵娇艳欲滴的美丽花朵。她父亲逐渐变成城里最富有的农夫这段期间，她也成为太平洋此岸最标致的美国女孩。

然而第一个发现小女孩已经长大成人的并不是女孩的父亲。这种事情很少是由父亲首先发觉的。这种变化十分微妙和缓慢，不能以天来衡量。女孩自己也浑然不觉，直到有一天，不经意间听到的声音，或是感受到的触觉，震撼了她深沉柔软的心，她才既骄傲又害怕地发现，身体里一个全新的自己已经逐渐苏醒。大概没有一个女人能够轻易忘记，那个曾在心里产生阵阵涟漪、预告全新生命开始的微微悸动。这次蜕变对露西来说是件非常重要的事，不过当时谁也没有料到，这会对她的未来，以及身边其他人的未来，造成那么深远的影响。

那是一个温暖的六月早晨，所有的摩门教徒都像蜜蜂一样忙着打点自己的蜂巢，田野间，街道上，到处都听得到像蜜蜂嗡嗡叫一般的人类话语。城里泥泞的小路上，骡子排成长长的队伍，每一只身上都满载重物，整齐划一地向西方前进，这是一群感染了加州淘金热的人潮，而这条横跨大陆东西、通往矿区的道路，刚好经过伊莱克特市。当然，也有人带着成群的牛羊，从偏远郊区的农场蜂拥而至，还有数不尽的新移民，带着马匹搭乘火车赶赴这股热潮，火车上，不管是人还是马，看起来都十分疲倦，仿佛这是一次永无终点的旅程。在这夹杂着牲畜与人类的劳累旅队当中，一个轻盈的女骑士突然飞奔而过。那是正在赶路的露西，马儿急速奔驰，马背上的她脸颊红润，微微喘着气，一头栗色长发在身后随风飞扬。父亲托她到城里办点事，她和往常一样，正不顾一切地催马前进。她年轻气盛，似乎什么都不怕，一心一意只想将父亲交代的事情办好，好让父亲对她有更好的印象。这群旅者见到她时几乎不敢相信自己的眼睛，每个人都瞪大双眼追随她的身影，就连那些平日不苟言笑、正披着毛皮旅行的印第安人，看到这位美丽的姑娘，也一改严肃之态，发出惊叹。

　　她终于到达城市外缘时，发现道路被一群家畜完全挡住，而这群家畜属于六个看上去狂野不羁的牧人。她等得不耐烦，她打算骑马挤进牛群里的一处缝隙，通过障碍。然而，她还没完全挤进去，便被后面的牛包围了。她发现自己深陷牛海之中，犄角长长的庞然大物四处攒动。她平日和家畜相处久了，以为所有牲畜大同小异，于是对眼前的处境并不太担心，仍然努力催马前进，希望尽快穿过这群队伍。不幸的是，不知是意外还是蓄意，一头野牛尖锐的角猛烈撞击马的侧腹部，马儿顿时发狂。一眨眼的工夫，马蹬起前脚以后脚站立，发出一声刺耳的怒吼，接着又跳又摆，扭动着身体。骑手如果技术不够高明，随时都有可能被抛下马。情况真的非常紧急，马儿每跳动一次，都难免会被牛角刺伤，随后便更加疯狂。女孩这时能做的事，就是牢牢坐在马鞍上，只要一不小心跌下去，就会被所有几近疯狂的牛乱脚践踏而死。女孩被突如其来的惊险状况吓到，觉得头昏眼花，紧抓住缰绳的手眼看就要松开。同时，牛群扬起的浓重尘土让她几乎窒息。就在她绝望得几乎放弃挣扎时，耳边突然出现一个亲切的说话声，显然是赶来救援的人。一只晒得黝黑、肌肉结实的手出现在她眼前，利落地一把抓住受到惊吓的马儿的缰绳，一路挤过群群牲畜，瞬间就将她带到了安全地带。

"小姐，我希望你没有受伤。"她的救星很有礼貌地说。

她抬头看着那张黝黑且略带野性的脸，活泼地笑了。"我是真的被吓坏了，"她天真地说，"谁知道我的庞秋会被一群牛吓成这样。"

"感谢上帝，还好你没有从马背上摔下来。"男人认真地说。他是个身材高大、长相粗野的年轻人，驾着一匹栗色底夹白斑的壮马，身穿一套粗糙的猎人服装，肩膀上扛着长长的步枪。"我猜你是费里尔的女儿，"他又说，"我看见你从他家那个方向过来。你见到他时，问他还记不记得圣路易的杰弗逊·霍普。如果他真的是我知道的那个费里尔，他和我爸爸有很深的交情。"

"你不觉得去我家亲自问他比较好吗？"她正经地问。

年轻人听到这个提议，似乎很开心，深邃的眼睛顿时透露出高兴的神采。"也好。"他说，"我们已经在山里待了两个月，也没准备要拜访别人。他如果看到我们这副德行，恐怕会把我们杀了。"

"他一定会好好谢你的，我也会，"女孩回答，"他特别疼我，如果那些牛弄伤我，他一定不会放过它们。"

"我也不会。"年轻男子说。

"你？嗯，我想这跟你没有什么关系吧！你又不是我们的朋友。"

年轻猎人听到这句话，脸上马上出现非常哀怨的表情，露西禁不住大笑起来。

"嘿，我是开玩笑的，"她说，"从现在开始你就是我们的朋友了，你一定要到家里来坐坐。我得走了，要不然爸爸以后不会再相信我的办事能力。再见！"

"再见。"他抬了抬墨西哥宽边帽，对着女孩的小手深深一鞠躬。女孩骑着马在他身边绕了一圈，接着用长鞭快速在马身上抽了一下，往大路的方向奔驰而去，留下滚滚黄沙。

年轻的霍普和同伴们继续往前走，每个人都闷闷不乐，沉默寡言。这群人最近待在内华达山里寻找银矿，想要将发现的矿产带回盐湖城，累积资本。霍普和所有同伴一样，热切地想要靠银矿发大财，直到刚才发生的意外，让他产生了全然不同的想法。那位美丽年轻女孩的出现，就像山里一阵清新甜美的微风，将他心里那平息许久的火山，吹拂得蠢蠢欲动。女孩终于从视线里消失时，他才警觉到，他已经走到生命中最重要的关口，什么银矿或别的事情，都没有他心中刚刚产生的感觉重要。他心里扬起的爱意，并不是少男那种昙花一现的遐想，而是成熟男人狂野猛烈的热情，迫切的欲望。从来都没有他做不成的事。他在心里对自己发誓，只要他努力不懈,这次一定也可以成功。

他当晚便登门拜访费里尔家,之后在费里尔的农场上便常常可以看见他的踪影。过去十二年来一直待在山谷里辛勤工作的费里尔,对于外面世界的变化全然不知,所以霍普绘声绘色地将自己的所见所闻告诉他们,这对父女听得津津有味。他曾是加州拓荒者,有本事将过去狂野美好日子里发生的大起大落的传奇故事说得像神话一般。他也曾是个侦查家、捕兽师、银矿探险家和农庄工人,哪里值得探险,霍普就会出现在哪里。没有多久,老农夫费里尔便喜欢上他,经常称赞他。在这种时候,露西静默不语,但是她那羞红的双颊和大大的眼睛透露出快乐,明显表示她那颗年轻的心已经有所属。她那正直的父亲或许还没发现这些征兆,但赢得她芳心的那个小伙子已经注意到了。

一个夏天的傍晚,他骑着马奔驰在农庄外的道路上,然后在大门口停下来。女孩那时正站在门边,于是便走向前迎接他。他将马勒丢过栅栏,大步跨越走道。

"我要走了,露西,"他说,将女孩的两手紧紧握在自己手里,眼神温柔地向下看着女孩的脸庞,"我现在不会要你跟我一起走,但是,当我再来时,你会跟我走吗?"

"那是什么时候?"女孩红着脸笑着说。

"大概一两个月吧!到时候,我一定会带你走,亲爱的,没有人可以拆散我们。"

"那爸爸呢?"女孩问。

"他已经同意了,前提是这次采矿顺利,我对这点很有信心。"

"好吧！当然，如果你和爸爸已经说好了，那就听你的。"女孩小声说，将脸颊靠在他宽阔的胸膛上。

"真是感谢上帝！"他沙哑地说，低下头去吻女孩，"那就这么说定了，我在这里待太久的话，路恐怕会更难走，他们正在峡谷那里等我。再见了，我亲爱的，再见。两个月后你就会再见到我。"

他说话时一边将她从怀里放开，一边猛地跳上马背，接着头也不回地奔驰而去，就怕再回头看到心爱的人被远抛在身后，那好不容易下的决心会再度软化。女孩一直站在大门边看着他远去，直到他的背影在视线里消失，然后这位全犹他州最快乐的女人，才慢慢走回屋里。

3 费里尔和先知的谈话

霍普和伙伴们离开盐湖城已经有三个礼拜,费里尔想到那年轻人下次回来就会将他的义女带走,心中不免抽痛。但女孩那开朗快乐的样子,让费里尔舍不得跟她起任何争执,只有默默接受这样的安排。他曾经暗下决心,没有任何人可以用任何理由或借口,让他把女儿嫁给摩门教徒,那样的结合根本就不算是婚姻,而是羞耻和侮辱。不论摩门教教义如何规定,他对这一点始终态度强硬,但是他却不能将想法说出来,因为在那个年代,违抗教义的摩门教徒是危险的。

没错,的确是一件很危险的事情——虔诚的信徒对信奉的宗教有任何意见,只敢小声地私下说,走漏风声招致横祸。昔日遭受迫害的人,可能一夕间就会变成最残忍的迫害者。塞维尔的宗教裁决所、德国的菲默法庭党、意大利的地下社会,都没有这个掌控整个犹他州的坚强组织更令人胆战心惊。

这个组织的隐秘性和神秘性,让它有了一层恐怖的光环。它看起来无所不能,无所不知,但它的所作所为人们是看不见听不到的。反对教会的人最后会无故消失,没有人知道他去了哪里,或是发生了什么事情。妻子和小孩在家里痴痴等他回来,但是这个父亲再也没有回来,告诉家人那些神秘的法官到底判了他什么罪名。一句草率的言语，一个轻浮的行为，都有可能引来杀身之祸，但是，仍旧没有人知道，悬在他们头上的这股神秘势力究竟是什么。因此人人惊慌，个个恐惧，即使在无人的荒野，也不敢对这种神秘势力表示疑义。

刚开始，这股神秘的恐怖力量只会对付那些原本虔诚信奉摩门教，但最后由于某种原因误入歧途或背弃信仰的冥顽人士，然而没多久，权力笼罩的范围越来越大。成年女性的人口愈益减少，这个原本信奉一夫多妻制的社会人口比例越来越不均衡。因此奇怪的传闻流传开来：在那些印第安人都没去过的地方，移民中途遭到谋杀，帐篷被抢劫，同时，长老的深宅内室里出现了陌生女人，这些女人个个面容憔悴，哭哭啼啼，脸上流露出难以掩藏的恐惧。在山中游玩晚归的人说，一大群佩戴面具的武装分子，常常在黑暗中高速来去。传闻越来越真切可信，民众一再推敲，发明了一些特有的名词。直到今天，在荒凉的西部大草原上，"丹奈特帮"和"复仇天使"这两个名称，仍然是恐怖和不祥的代名词。

了解这个罪恶的组织越多，心里那没来由的畏惧感会不减反增。谁也不知道哪些人在这个残暴的组织里。那些以宗教之名行残忍血腥之事的人严守秘密。你也许会把对先知和教会的不满讲给一个挚友听，但他可能就在当晚明火执仗到你家来报复的人当中。因此，每个人对左邻右舍都怀有戒心，每个人都不敢说出心里话。

一个晴朗的早晨，费里尔准备起身前往田里工作时，听到大门闩咔嗒一声，他往窗外看去，发现一个身强体健、头发浓密的中年男子，此人正往屋子的方向走过来。费里尔的心开始剧烈跳动，因为这个人正是伟大的布里格姆。费里尔满怀恐惧，因为知道他亲自登门拜访绝对没有好事。费里尔快步跑到门边迎接这位摩门教的领袖。然而，布里格姆对于费里尔的热情相迎态度冷漠，他表情严肃地跟着费里尔走进客厅。

"费里尔弟兄，"他说，一面在椅子上坐下来，浅色睫毛下一双锐利的眼睛直直地瞪着这位农夫，"所有的信徒一直都把你当朋友看待。你在沙漠里快饿死的时候，我们把你带走，让你分享我们的食物，将你安全地带到这个美丽的山谷，赐予你大片土地，你在我们的保护之下，过着富裕的生活。我说得对不对？"

"你说得对。"费里尔回答。

"我们只要求你做一件事回报这些恩情，也就是，你必须接受我们的信仰，在生活的每一个方面完全按照我们的习俗。你曾经答应过，但根据我们最近的观察来看，你似乎违背了约定。"

"请问我哪里违背了？"费里尔伸出手来谨慎地说，"我没有缴共同基金吗？没有按时到神殿去？还是没有——"

"你的妻子在哪里？"布里格姆问，看了看屋内四周。

"叫她们进来，我想见见她们。"

"其实我还没有结婚，"费里尔回答，"这里女人不多，而且条件比我好的男人多的是，我不是一个寂寞的男人，况且，女儿可以照顾我的生活起居。"

"你女儿也是我今天来拜访的原因之一，"这位摩门教的领袖说，"她已经成为犹他州的一朵花，城里有许多男人深深地爱慕着她。"

费里尔在心里暗暗叫苦。

"有传闻说她已经心属一位异教徒，我希望这不是真的，这一定是无所事事的人编造出来的谣言。圣斯密约瑟教条第十三条是怎么说的？'所有摩门教女信徒都必须嫁给摩门教男信徒，如果她嫁给异教徒，便是犯下严重的罪行。'宣称心诚的你，应该不会眼睁睁地看着心爱的女儿违反教规。"

费里尔默不做声，紧张地把玩着手里的马鞭。

"考验你信仰的时候到了，四圣会已经共同决定了。你女儿还年轻，我们不会叫她嫁给灰发老人，更不会剥夺她选择的权利。我们这些长老已经有很多老婆，但也有很多尚未成亲的儿子，比如斯坦格森有一个儿子，德雷伯也有一个，他们都很欢迎你的女儿嫁过去，就让她自己在这两个当中选一个吧！这两个孩子既年轻又富有，而且都是虔诚的信徒，你觉得如何？"

费里尔好一阵子锁着眉头闷不吭声。

"请再给我们一点时间，"他终于说话，"我女儿很年轻，她还不到结婚的年纪。"

"她有一个月的时间考虑选择哪一个，"布里格姆起身说道，"一个月后她必须做出决定。"

他往门口走去，到了门边突然转身，脸色涨红，眼睛晶亮。他怒吼道："也许当初把你们两个奄奄一息的人丢在布兰科山上更好一些，现在就不用看见你意志软弱，背叛四圣会的决定。"

他做了个威胁的手势，在门边转身离开，接着费里尔听到他走在布满砂砾的小径上的沉重脚步声。这时费里尔仍然胳膊肘靠在膝盖上坐着，心想该如何向女儿提这件事情，就在这时一只柔软的手握住他的手，他抬头一看，发现女儿正站在身边。从女儿惨白的脸上惊吓的表情来看，他知道女儿听到了刚才的对话。

"我不是故意要偷听的，"她说，仿佛想消除父亲眼里的疑惑，"他的声音传遍整个屋子。喔！爸爸，爸爸，我们该怎么办？"

"先别害怕，"他回答，将女儿拉到怀里，用那宽厚粗糙的手温柔地抚摸着女儿那头栗色长发，"我们会想办法解决的。你不会因为这家伙刚才说的那番话，决心动摇了吧？"

她只是啜泣着，一面紧紧拧着父亲的手，久久无法言语。

"不，当然不会。我也不希望你因此退缩，他是一个好人，也是基督徒，比这群整天只会祷告说教的人好得多。明天有一群人要出发到内华达去，我会写封信请人带给他，告诉他我们现在的状况。如果我猜得没错，他会以比拍电报还要快的速度赶回来。"

听到父亲诙谐的话，露西眼睛噙泪地笑了。

"他回来时，会告诉我们怎么做最好。但是亲爱的爸爸，我最担心的人是你啊！人家说——人家说违反先知的旨意下场会很惨，这是到处流传的传言。"

"但是我们还没有违反他啊！"父亲回答，"如果我们真的做了，就必须警惕随时可能降临的危险。眼下还有整整一个月的时间，我想到时候我们最好离开犹他州。"

"离开犹他州！"

"大概就是这样吧！"

"但这个农庄呢？"

"可以卖掉，卖不掉就算了！老实说，露西，我已经不只一次产生过这种想法了。我不介意屈服于任何人，就像这里的人屈服于那些鬼先知一样。但我是个生来自由的美国人，这里的一切我都看不惯，我想我太老了，无法学习新观念。他如果再来这个农庄，也许会被一颗迎面而来的子弹击中。"

"但是他们不会让我们走的。"女儿担忧地说。

"等霍普回来我们再好好商量。这段时间你不要担心，亲爱的，千万不要哭哭啼啼的，把眼睛哭肿了，要不然他回来会找我算账。没有什么好害怕的，一点危险都没有。"

费里尔说这番话安慰她时语气中充满自信，但女儿当晚无意间发现父亲在锁门时特别谨慎，还将挂在他房里墙壁上那把老旧生锈的枪擦拭干净，装上了子弹。

4 展翅投奔自由

和摩门教先知谈话后的第二天早晨,费里尔前往盐湖城,找到他那位即将出发到内华达山的朋友,托他带信给霍普。信上他向那位年轻人叙述这件正威胁他们生命安全的突发状况,请他无论如何一定赶回来。信送出去后,他才真正松了一口气,心情轻松地回了家。

他快走到自己的农庄时,很惊讶地发现大门的两根柱子上一边拴着一匹马。他走进家门时,又惊讶地看到两个年轻人正坐在客厅里面。一个苍白长脸的男人靠坐在摇椅上,两只脚高高举起翘在火炉上方;另一个人穿着粗俗、身材魁梧,两手放在口袋里,站在窗边,嘴里哼着流行歌曲。两人看见费里尔进屋,向他点头致意,摇椅上的那个人开口自我介绍:

"你也许不认识我们,"他说,"这位是长老德雷伯的儿子,而我是约瑟夫·斯坦格森,也就是你在沙漠中接受神的恩赐来到这个美丽家园之前,跟你一路走下山的那个人。"

"那是因为神要所有信奉他的人,都能过美好的生活。"另外一位带点鼻音的说,"他会慢慢考验你,但不会太过分。"

费里尔冷冷地鞠个躬,其实他在大门外就猜到这两个人的身份。

"我们来这里，"斯坦格森继续说，"是因为我们的父亲要我们亲自上门，请求你女儿在我俩中间选择一个她和你都中意的人。既然我只有四个妻子，而德雷伯弟兄已经有七个，所以很明显，我比他更合适。"

"哎，哎，斯坦格森弟兄，"另外一个叫道，"重点不是我们有几个妻子，而是我们可以养活几个，我父亲刚把磨坊交给我，我比你更富有。"

"但是我的前景更好，"另外一位兴奋地说，"我的父亲不幸蒙主宠召之后，我就会继承他的制皮厂，到时候我就是你的长者，在教会里的地位也比你高。"

"要让小姐自己决定，"小德雷伯又说，一面对着玻璃上自己的影子得意地笑，"我们完全尊重她的决定。"

两个年轻人争执时，费里尔站在门边，气愤得想用手里的马鞭抽打两个人的背，但忍住了。

"听着，"他终于开口说话，大步走向他们，"除非我女儿请你们来，否则我不想再看到你们。"

两位年轻的摩门教徒不可思议地盯着他看，因为他们觉得，这场新娘争夺战，不论是对女孩还是对女孩的父亲，都是至高无上的荣耀。

"你们有两个方法可以离开这个屋子，"费里尔大声说，"门在那里，窗户在那里，想选哪一种？"

他那黝黑的脸看起来非常凶悍，一双瘦长的手威胁地挥舞着，两位访客吓得跳起来急速离开。老农夫跟着他们来到门边。

"你们决定好是谁之后告诉我。"他冷冷地说。

"你不要太自作聪明!"斯坦格森大叫,气得脸色发白。

"你藐视先知和四圣会,你会后悔一辈子的。"

"神会重重地惩罚你,"小德雷伯大叫,"他一定会起身鞭打你!"

"那就让我先下手吧!"费里尔生气地叫道,要不是露西及时赶到,抓住他的手臂制止他,他早就冲上楼拿他的枪了。他还没来得及从女儿手里挣脱开,一阵咔嗒咔嗒的马蹄声,两个年轻人已经跑掉了。

"两个混蛋流氓!"他一面说,一面拭去额头上的汗水,"我的好女儿,我宁愿看着你安详地死去,也不希望你嫁给他们中的任何一个人。"

"我不会嫁给他们的,爸爸,"她决然地回答,"而且霍普快回来了。"

"是的,他要不了多久就会回来了,而且越快越好,因为我们不知道他们接下来会采取什么行动。"

的确,该有一位能够给予建议和协助的人,来解救这位顽强的老农夫和他的养女。自从这群人在这块土地上定居以来,还没有发生过违抗四圣旨意的事情。如果有了细小过错的人都会遭到严厉惩罚,那么这种公然对抗又会是什么结果呢?费里尔清楚自己的财富和地位没有什么帮助,因为很多名望和财富与他相当的人早已经消失得无影无踪,他们的财产被教会没收。他是一个勇敢的男人,但心里那隐隐的恐惧吓得他全身颤抖。任何有形的危险他都可以咬紧牙关忍受，但这种惶惶不可终日的状态却让他非常难受。然而他不让女儿察觉到这一点，尽量在她面前表现得若无其事。但是女儿深爱着父亲，锐利的眼睛清楚地看到了父亲的不安。

他知道，这两个年轻人回去后，他迟早会接到布里格姆的信息或是警告之类的，他没有猜错，只是这信息来得出乎意料。第二天早晨，他醒来后惊讶地发现，胸前被单上别了一张小纸条，上面以粗黑散乱的字迹写着：

"给你二十九天的时间弥补过失，否则——"

句子最后的破折号比任何言语上的恐吓都吓人，费里尔不知道这张纸条到底是怎么是怎么被送到屋里来的。仆人都睡在外面的小木屋里，家里所有的门窗全都锁得紧紧的。他将纸条揉成一团，没有告诉女儿，但这件事情让他从心底打了一个冷战。布里格姆答应的一个月期限已经过去了一天，还有什么力量和勇气可以对抗这种拥有神秘势力的敌人吗？那只将纸条别在被单上的手，大可以一刀刺穿他的心脏，他永远也不会知道是谁下的毒手。第二天早晨，更可怕的事情发生了。他们刚坐下来准备吃早餐，露西突然尖叫一声，手指着上方。在天花板的正中央，有人用烧焦的木棒写下了数字二十八。女儿完全不知道发生了什么事情，费里尔也没有对她多做解释。当天晚上，他拿着枪坐着，整晚严密守卫，但是什么也没听到，什么也没看见。不过第二天早晨，门外又被漆上大大的二十七。

日子如此一天天过去，每天早上他都会发现，躲在暗处的敌人一直在显示他们的存在，在明显的地方写下离最后期限还有几天。

数字有时出现在墙上，有时在门上，偶尔是一张小纸条钉在花园大门外或是栏杆上。费里尔即使整夜保持警戒状态，仍然不知道这些数字到底从何而来。他每次看到数字，一股无来由的迷信般的恐惧感便占据他的心头。他无法入睡，越来越憔悴，眼睛中显出被围捕的野兽那样仓皇的神情。他现在只存一丝希望，就是那位年轻猎人能赶快从内华达回来。

二十很快变成十五，十五变成十，仍然没有猎人的消息，数字一天一天减少，他还是没出现。老农夫每次听到马匹在路上奔驰，马车夫大声喧叫，就以为救星终于回来，急忙跑到门边迎接。他看到数字从五变成四，又变成三之后，彻底绝望，放弃逃跑。他只有一个人，对四周山脉了解有限，他明白自己完全无能为力。大家常走的路受到严密警戒，除非有四圣会许可，否则不准通行。他想不出任何办法避免这场大灾难。可是老人的决心并未动摇，他拼掉老命也不会让女儿受辱。

一天傍晚，他独坐苦思如何解决眼前这个大问题，却仍然毫无所获。当天早上屋里出现的数字已经是二，表示第二天就是最后一天。到底还会发生什么事呢？他脑海里浮现出所有可能的模糊与残暴的画面。女儿呢——他走了之后，女儿会变成什么样？难道真的没有办法逃离身边隐形的魔网？他想到自己的确无能为力，不禁将头低垂在桌上轻轻啜泣。

什么声音？他在静寂中听到轻微的抓爬声——声音很低，但在静寂的夜晚听来却很清晰，是从大门的方向传来的。费里尔悄悄地走进客厅，专心谛听。诡异轻微的声音暂停了一会儿，然后再次响起。很显然,有人正轻敲木板门。是不是有人趁夜黑风高之时,准备完成秘密法庭下达的暗杀令?或是某个狗腿子正在写下最后一个数字?费里尔这时觉得,痛痛快快地死比忍受心惊胆战、昼夜不宁折磨要好。于是他倾身向前,拉开门闩,将门打开。

屋外一片寂静,群星闪耀,这是个美好的夜晚。农夫眼前是屋子前院的大门和围栏,但不管是大门边或是路上,都没有人影。费里尔松了一口气,再看看左右,直到不经意往下看到自己的脚,才惊讶地发现,一个男人正脸贴着地平躺在地上,四肢直直地伸开。

费里尔看到这一幕真被吓坏了,跌靠在墙壁上,手捂着脖子,以防忍不住大声叫出来。他第一个念头是地上这个人受重伤快死了,但是他正想看个清楚,却发现这个人像一条敏捷无声的蛇,在地上扭着身体,快速爬进屋内玄关。那个人一进屋里马上站起身来,关上门。这时候农夫才惊讶地发现,霍普正带着凶猛却镇定的表情站在他眼前。

"我的老天啊!"费里尔喘着气说,"你吓死我了!为什么要用这种方法进来?"

"给我东西吃,"霍普声音沙哑地说,"我已经有整整四十八个小时没时间吃东西了。"他在餐桌上找到屋主晚餐剩下的冷肉和面包,狼吞虎咽地吃起来。"露西还好吗?"他吃得差不多之后,终于问道。

"还好,她不知道我们有多么危险。"费里尔回答。

"很好。这屋子每一边都有人监视着,这就是为什么我要爬进来的原因。那些人也许精得很,但绝对不可能精到抓住一个沃旭①的猎人。"

费里尔精神大振,因为他身边多了一个值得信赖的盟友。他抓住这位年轻人那布满皮茧的手,激动地紧紧握着。"我们为你感到骄傲,"他说,"没有多少人想要分担我们的危险与灾难。"

"朋友,你说对了,"年轻的猎人回答,"虽然我很尊敬你,但如果今天只有你一个人陷入这场灾难,我在赴汤蹈火之前,一定会考虑再三。我会回来完全是因为露西,犹他州只要有我在,谁也别想欺负她。"

"我们该怎么办?"

"明天是他们给的最后期限,除非今天晚上行动,否则就完了。我有一头骡子和两匹马在老鹰谷那里等着。你有多少钱?"

"价值两千元的黄金和五千元纸币。"

"我差不多也有这么多,加起来够了。我们必须赶紧越过山脉到卡森市去,你最好把露西叫醒,顺便也叫仆人起床离开。"

费里尔叫露西打包准备启程,霍普将屋里所有能吃的东西全部装进一个小包里,再将一个瓷瓶装满水,因为经验告诉他,山里水井很少,彼此相距甚远。他快要收拾完毕时,农夫带着穿好衣服准备出发的女儿出现在他面前。两个爱人终于见面,热情但短暂地问候了一下,因为还有太多事情要做,分分秒秒都非常宝贵。

"我们必须赶快离开,"霍普轻声说,但语气坚定,好像明知道

---

① 内华达州一郡名。

眼前的处境多么危急,却仍愿意冲锋向前,"前后门都有人监视,但如果小心一点,我们可以从侧面的窗户爬出去,然后越过农田。上了小路,离老鹰谷就只剩两英里的距离了,马儿就在那儿等着。天亮时我们应该已经走完了一半的山路。"

"如果我们被拦住了呢?"费里尔问。

霍普拍了一下上衣里露出来的手枪枪托。"如果他们人太多,我们就带几个一起走。"他冷冷地笑着说。

屋里这时完全没有光线,费里尔从黑暗的窗户往外望去,看着那片原本属于自己、现在却要永远遗弃的农田。然而他对这样的牺牲早有心理准备,为了女儿的尊严和幸福,损失再多财产他也在所不惜。树叶发出沙沙声,那片广大的农田寂静无声,一切看上去那么安详而快乐,谁能料到这里暗藏着险恶的杀机。不过年轻猎人苍白的脸上表情镇定,似乎他刚才进屋前就已经把险恶的形势看得一清二楚了。

费里尔背起装满金子和纸币的袋子,霍普拿着些微食物和水,露西则带着一个装满她私人贵重物品的小包裹。他们慢慢地小心地打开窗户,等着乌云飘过来,让光线变得更暗。他们一个接着一个爬过窗户进入小花园。每个人屏住呼吸蜷着身体,跟跄地通过花园。最后他们终于走到篱笆边,沿着篱笆低着身体走,来到一处通往玉米地的敞开的缝隙。他们刚到缺口那儿时,年轻人抓住两位同伴,把他们拉到阴影处,三个人颤抖着,不敢出声。

霍普在草原上久经训练,拥有和山猫一样敏锐的听力。他们还没来得及趴下身体,距离他们没有几码的地方传来猫头鹰似的哀怨叫声，不远处马上传来另一个呼应的叫声。与此同时，一个阴暗的人影从他们正打算穿过的篱笆缝隙走出来，再度发出那种哀怨的叫声，接着又有第二个人从暗处走出来。

"明天午夜，"显然负责发号施令的第一个人说，"夜莺叫三声后动手。"

"好的，"另外一个人回答，"需要我告诉德雷伯弟兄吗？"

"去告诉他，叫他再告诉其他人。九到七！"

"七到五！"另外一个人回应道，然后这两个人便往不同的方向急速而去。他们最后说的数字，显然是一种暗语。这两个人的脚步声在远处一消失，霍普马上站起来，帮助两个同伴穿过篱笆的缺口，以最快的速度越过田地，一边搀扶着已经稍嫌落后的女孩。

"赶快！快点！"他不时提醒女孩，"我们正在通过警戒线，慢下来就糟了。快点！"

一到路上，他们马上加速前进。他们在路上远远见到一个人影，于是躲到旁边的田里，以免被认出来。他们快到城边时，猎人拐入一条通往山里的崎岖窄小步道。黑暗中他们眼前出现两座起伏的阴森山峰，两座山之间有一条狭路的缝隙，那就是马匹在等着的老鹰谷。霍普以他一贯的精准直觉，带他们走在枯干的河床上，穿梭在许多大鹅卵石间，最后来到一处布满岩石的阴暗角落，在那里几只忠心耿耿的动物正等着他们。女孩被抱到驴子身上，费里尔带着装满钱的袋子坐上其中一匹马，霍普牵着另一匹，带他们走过陡峭险恶的山路。

对不熟悉野外的人而言，这的确是一条非常艰险的路。路的一侧是千英尺高的陡峭山壁，黑暗而且危险，山壁上布满大块玄武岩，漆黑中看起来像是沉睡中的野兽身上触目惊心的肋骨。另一侧则尽是崎岖的鹅卵石和碎石块，完全没有出路。夹在中间的这条小路弯弯曲曲，有些地方实在太窄，只容单人通过。山路崎岖，只有骑术很好的人才能通过。尽管路途艰险，但三个逃亡者心情是愉快的，因为他们知道，每前进一步，他们离那个可怕而邪恶的团体就远了一步。

可是没多久他们就发现仍然身处先知的管辖范围之内。他们来到一处荒凉的野地时，女孩突然尖叫一声，手指着上面。虽然映着漆黑的天色看不是很清楚，但小道上面的一块石头上，明显站着一个警卫。警卫也马上看到了他们。警卫冰冷威武地说："是谁？"声音传遍整座山谷。

"到内华达的旅客。"霍普说，一手握着马鞍上的来复枪。

他们看见孤身警卫伸手拿起枪，往下瞪着他们，显然对他们的回答不甚满意。

"谁允许的？"他又问。

"四圣会。"费里尔回答。根据他在摩门教中的经验，这是最高等级的许可。

"九到七。"警卫大声说。

"七到五。"霍普记得在花园里听到的暗语，马上接口回答。

"走吧！神会保佑你们的。"他们头顶上的那个人说。

他们通过警卫，路突然变得宽广，马儿甚至可以小跑。他们回头看到那个警卫正斜靠在枪上。这三个人知道自己已经顺利逃出包围圈，自由近在眼前。

5 复仇天使

整个晚上他们在错综复杂且布满碎石的小径上穿梭,其间数度迷路,但是霍普凭借其丰富的高山行走经验,总是能够带领另外两人再次绕回正确的路上。天亮时,他们眼前展现出一片荒凉但也壮美的奇景,白雪皑皑的山峰环绕在他们四周,重重叠叠,一直延伸到远处的地平线。道路两边的绝壁那么陡,生长其上的落叶松就像是倒挂着的,似乎随时都能被风拧断。这并非因恐惧而生的全然空想,山谷中的确遍布被风吹断吹散的树木和鹅卵石。他们往前走时,一块巨石恰巧从山顶上快速滚落下来,巨响在静谧的山谷中回荡,把疲惫不堪的马儿吓得快速向前跑。

朝阳悄悄地从东方的地平线上升起,周围的高山像嘉年华的彩灯般一座座亮起来,最后全部都染上一层阳光的暖红,在远处熠熠发亮。眼前壮丽的美景让三位逃亡的旅客心情愉悦,精神抖擞焕发。他们在一个涌出山泉的地方暂歇,让马匹喝水,匆匆吃顿早餐。露西和父亲很想多休息一会儿,但是霍普坚决反对。"这个时候他们已经在找我们了,"他说,"一切看我们的速度。只要能安全到达卡森市,我们可以休息一辈子。"

接下来一整天,这三个人在崎岖的山里赶路,他们天快黑时算了算,发现离敌人应该有超过三十英里远的距离。晚上他们选择在一块突出来的石头下落脚,躲避夜间刺骨的山风,于是,三个人就在这块石头上互相取暖,睡了几个小时,但是天还没亮就起身再度上路。他们一路上没看到有人在后面追赶,因此霍普开始认为,他们大概离那些恶魔已经很远了。他完全没想到那些人的魔掌竟然可以伸得这么远,再过不久就会赶上,并将他们摧毁。

到了第二天中午,他们的食物已经所剩不多,但是猎人并没有因此感到不安,因为在山里本来就会碰到这样的状况,他以前经常靠那把枪获得食物。他选了一个隐蔽处,找来一堆干树枝生起火,让两个同伴取暖,因为他们现在位于海拔近五千英尺的地方,空气如锥心般刺冷。他把马拴好,跟露西告别,把枪架在肩膀上,准备去捕猎看得到的任何动物。他回头看到老人和年轻女孩蜷缩在熊熊的火堆旁,三只动物动也不动地站在后面。他走了几步视线便为大石阻挡,看不到他们了。

他在山谷里大概绕了好几英里路,仍旧一无所获,但是从树皮还有其他地方的痕迹来看,他估计附近应该有很多大熊出没。他又找了两三个小时,依旧没有一点斩获。他就在绝望地准备折返时,抬头竟然看到让他欣喜若狂的景象。在他头顶大约三四百英尺的一处山壁边缘尖端,站着一只看起来像是绵羊的动物,但是头上有两只巨大的角。这种被称为"大犄角"的动物,可能正在为猎人看不到的族群执行警戒任务。幸运的是,那只动物不是面朝这个方向,而且尚未警觉到猎人的存在。猎人俯卧在地上,脸贴着地,将来复枪架在一颗石头上,安静沉稳地瞄准它,然后触动扳机。那只动物跳起来,在悬崖边挣扎跳动一阵子,最后掉落在山谷里。

这只动物实在太重,难以搬动,猎人决定将它的腿还有腹部的一些肉割下来。猎人将战利品扛在肩膀上,急急忙忙地准备回去,因为天色已经逐渐变暗。然而他就在要上路的一刹那,才发现自己陷入了困境。他刚才一心一意找猎物,不知不觉已经走到距离歇脚的山谷很远的地方,现在要找到回去的路并非易事。此刻他身处浓密的山林间,许多沟壑看起来都像路,但每一条都很相像,他无法分辨到底哪一条才是对的。他沿着其中一条山沟走了大约一英里多,看见一条陌生的小瀑布时,才发现自己绝对走错了,于是又试另外一条,结果仍然一样。夜幕迅速笼罩四周,他终于找到一条看起来熟悉的路时,山里已是漆黑一片。但即使他走的路对,也不容易回到同伴休息的地方,因为这时月亮还未升起,两旁高耸的峭壁使得视线更加模糊不清。他肩上扛着庞然大物,早已疲惫不堪,但仍然勉力蹒跚踉跄地继续向前走,心想多走一步就会离露西更近一点。他肩膀上的食物,足够支撑他们到旅途终点。

他终于来到刚才走过的山路口,即使在一片漆黑中,他也可以看见那座山壁的轮廓。他心想,他们一定正焦急地等他回去,因为他已经离开了将近五个小时。他想到这里一阵欣喜,将手放在嘴边,朝着山谷发出一声带着回音的吼叫,发信号告诉他们他已经回来了。他停下片刻,等着对方回应,但是他们并没有发出回应的声音,只有他自己的叫声回荡在静谧的山谷里,在他耳边无数次回响。他又叫了一次,这次声音更大。但是不久前才和他道别的两个朋友,仍旧没有做出半点回应。一股没来由的、模糊的恐惧袭上他的心头,他匆忙丢下肩上的珍贵食物,向前奔去。

他跑过转角，他们刚才生火的地方映入眼帘，地上还有带点火光的灰烬，但这堆东西显然在他离开以后就没有人动过。此时四周仍然一片死寂，他惊惶不定，急忙向前跑去，灰烬周围没有任何生物的踪影：动物，男人，女人，全部都不见了。很明显，在他离开的这段时间，这里发生了可怕的不幸。两个人被带走，没有任何线索留下。

受到眼前景象的打击，霍普突然感到一阵晕眩，赶快把身体斜靠在来复枪上，才不致跌倒。然而他本是意志坚强的男人，因此很快就恢复正常。他捡起一块烧到一半的木柴，大吹一口气将它再度吹燃，借此光亮查看他们休息的地方。地上到处都是马蹄印，这表明一大队骑士将两个逃亡者带走了，而且从蹄印的方向来看，他们往盐湖城的方向去了。他们将两个人都带走了吗？霍普这样想时，眼前的一样东西让他突然全身紧绷。离营地没有几步远的地方，有一个微带红色的小土丘，他确定他们刚到这里时没有这个东西。没错，这应该是一个新挖的坟墓。年轻的猎人走过去，发现土丘上插了一根树枝，树枝开杈的地方夹着一张纸，纸上写着几个简短而清晰的字：

约翰·费里尔

生前为盐湖城人

死于一八六〇年八月四日

他才离开没多久的健壮老人，现在死了，而这几个字就是他的碑文。霍普慌忙环顾四周，想看看是否还有第二个坟墓，但没有看到。露西被那些可怕的人带回去，遭受她原先注定的命运，成为某位长老儿子的妻子之一。年轻人意识到自己已经无法改变露西的命运，多希望自己也和眼前的老农夫一样，静静地躺在这里。

但他一向是个积极的人，很快便从绝望和伤感中走了出来。他没有办法拯救露西，但至少可以用一生的时间来复仇。霍普除了有百折不挠的毅力，也有百折不挠的复仇精神，这种复仇精神，大概是他和印第安人生活在一起时学来的。他站在快烧完的火堆旁边，意识到唯一能让他减轻痛苦的方法，就是干净、痛快、彻底地对敌人复仇。他决定，把自己的坚强意志和无穷精力全部用在复仇上。他脸色苍白冷酷，慢慢回去把兽肉拿回来，让快要熄灭的火堆再度燃起来，烤好足够食用好几天的肉。他将熟肉捆作一包，虽然已经筋疲力尽，但仍然踏着复仇天使的足迹，穿越大山往回走。

在整整五天的时间里，他忍住双脚的疼痛和身躯的疲惫，行走在他之前骑马经过的那条路上。晚上他蜷缩在岩石中间，睡个几小时，每天早上天没亮便继续赶路。第六天，他回到老鹰谷，也就是他们不久前艰苦逃亡之旅的起点。他在这里俯瞰圣徒的家园。由于真是累到了极点，他靠在枪上，向脚下这个寂静的大城市虚弱地招了招手。这时他发现，城里主要街道上挂满旗子，到处都是节庆用品。霍普正纳闷发生了什么事，不远处传来马蹄声，然后他看到一个全副武装的人策马朝他的方向而来。来人快到眼前时，霍普认出那是名叫考珀的摩门教徒，霍普在这个人手下做过事。霍普迎向前去打招呼，希望能探听到露西的下落。

"我是杰弗逊·霍普,"他说,"你应该还记得我。"

这位摩门教徒一脸不可思议地看着他。的确,眼前这个衣衫褴褛、蓬头垢面、脸色苍白、眼神凶狠的狼狈旅客,很难让人联想起昔日那个年轻英俊的猎人。考珀认出这人的确就是霍普后,表情马上由惊讶转变为恐惧。

"你疯啦,怎么回来了,"他叫道,"我如果被人看见跟你说话,会没命的。四圣会已经以协助费里尔逃亡的罪名,对你发出了拘捕令。"

"我不怕他们,也不怕拘捕令,"霍普镇定地说,"考珀,你一定知道发生了什么事,我恳求你让我问几个问题。我们一直都是朋友,看在上帝的份上,请不要拒绝我。"

"你想问什么?"这位摩门教徒不安地回答,"赶快问,现在是草木皆兵的时候。"

"露西·费里尔现在怎么样了?"

"她昨天嫁给了小德雷伯。站稳些,老兄,站稳些。你快要没命了,你知道吗?"

"不用管我,"霍普晕眩地说。此时他嘴唇发白,跌坐在刚才一直靠着的石头旁。"你是说,她结婚了?"

"她昨天结婚的——这就是神殿周围挂满旗子的原因。小德雷伯和斯坦格森一直为谁能娶她争论不休,各自都有不少支持者,但斯坦格森杀了女孩的爸爸,似乎胜算更大。可是他们在委员会前争执时,德雷伯那边的声势比较大,所以先知把新娘子给了他。但是我想没有人能拥有她太久,我昨天看到她时,她已经面如死灰,她现在更像个女鬼,而不是女人。没有问题了吧?"

"没有了。"霍普一边说一边从地上站起来。他的脸像是从大理石里凿出来的一样,没有一丁点表情,唯有那双眼睛闪烁着仇恨的阴险光泽。

"你要去哪里?"

"不要管我。"他回答说,把枪背在肩上,大步往前走,消失在野兽出没的大山深处。但这个男人比任何野兽都更凶猛,更危险。

那位摩门教徒的预言果然应验了。因为父亲惨死,因为被迫成婚,心中怨恨,可怜的露西一蹶不振,不到一个月便郁郁而终。她那成天醉醺醺的丈夫娶她主要是为了费里尔的财产,因此对露西的死并无多少伤感,反而是他的其他妻妾在葬礼前一天晚上,依照摩门教的传统习俗,彻夜为露西守灵。然而凌晨时分,这群围在棺木周围的女人被突然打开的门吓了一大跳,然后一个表情凶狠、衣衫残破不堪的男人大步走进房里。男人看都不看屋里被吓得缩在一旁的女人,一句话也没说,便走近曾经活生生、纯洁美丽的露西·费里尔,露西现在只是一具苍白冰冷的尸体。男人站在露西旁边俯看着,虔诚地轻吻她那冰冷的前额,然后抓起她的手,将结婚戒指拔下来。"她不应该就这样死掉。"他突然发出一声怒吼,然后在所有人还来不及向外求救,便急速跑下阶梯消失了。由于刚才那一幕实在是太诡异,而且发生在一瞬间,因此屋里的人自己都不相信,更不用说告诉别人了,但新娘子手上的金戒指的确已经不翼而飞。

接下来的几个月,霍普出没于附近的山里,过着是一种奇怪的丛林生活,但心里那鲜明的复仇欲望让他有一种踏实感。城里开始流传关于他的传闻，有人说看到怪人徘徊在郊外，看到有人埋伏在附近寂静的山里。有一次一颗子弹划过斯坦格森家的窗户，掉落在他脚边不到一英尺的地方。还有一次，德雷伯走过一处悬崖，一颗巨大的鹅卵石突然从他的头顶掉下来，如果不是他敏捷地跳到旁边，俯卧在地，他早就惨死在碎石堆里了。这两位摩门教徒没过多久就发现，有人想要杀他们，两人好几次来到深山老林，想要抓到或杀死那位隐形的敌人，但没能成功。最后他们决定采取防御措施，也就是绝不单独行动，天黑后也绝不外出，而且在住处附近安排诸多警卫。有一段时间，敌人没再出现，于是两个人松懈下来，希望敌人已经打消复仇的念头。

然而，事实却与他们的希望完全相反。霍普的个性就是不达目的决不罢休，他只想报仇，其他任何事情对他而言都不重要。但是他也是个现实的人，没过多久他就发现，即使是铁打一般的体格，也无法承担这样的艰苦生活。长时间生活在野外，缺乏营养，他快要撑不下去了。如果他像一条野狗一样死在山林里，还怎么报仇呢？很明显，他再这样坚持下去，很快就会真的死在山林里。他心想，绝对不能就这样称了敌人的意，因此心不甘情不愿地回到内华达的旧矿区，在那里休养身体，累积钱财，以便再次出击。

他原本打算顶多耽搁一年，但是一些突发状况让他不得不在矿区待了将近五年的时间。但他心里的愧疚和复仇欲望，仍然像当初站在费里尔坟墓旁时那样强烈。他用了一个假名，乔装打扮，回到盐湖城，完全不在乎可能面临的危险，一心只想正义得到伸张。可是他到了盐湖城之后，打听到了不妙的消息。几个月前，摩门教内部分裂，几个年轻教徒公然反抗长老的旨意，结果许多心生不满的人退出教会，离开犹他州，成为异教徒。德雷伯和斯坦格森也在其中，没有人知道他们去了哪里。传言说德雷伯临走前将家产变卖，成了一个大富翁，但他的同伴斯坦格森相当贫穷。至于两个人去了哪里，完全没有线索可循。

即使是满心仇恨，许多人面临这样的困难，可能会放弃复仇的念头，但是霍普的心意却丝毫未受到动摇。他带着有限的财产，开始在全美国各城市旅行，期间尽可能当各类临时工，赚取旅费和其他开销，一路寻找敌人。一年一年过去，黑发逐渐花白，他仍旧像一条猎犬般不停地寻找，心里只有一个目标，毕生唯一的目标。最后他的辛苦终于有了回报，在俄亥俄州克里夫兰市，有一天他无意间瞥到窗里的一张脸，他百分之百确定那就是自己一直要找的人，于是他回到自己残破的住处，细心筹划复仇行动。然而很不巧，德雷伯当时正看着窗外，也认出了街上那个邋遢的游民，并从他的眼神看到了凶狠的复仇欲望。于是他赶紧找到已经成为自己私人秘书的斯坦格森，将事情告诉他：两个人过去那位充满恨意与嫉妒的敌人盯上了他们。当天晚上，霍普被带到拘留所，因为找不到保证人，他被囚禁了几个星期。他终于被释放后，发现德雷伯的屋子已经空无一人，他和秘书已经逃往欧洲。

复仇计划再次受阻，但那累积日深的恨意使他更加积极。然而这时钱快要花光了，他必须继续工作一阵子，积攒旅费。他终于存够了钱，只身前往欧洲，在一个个城市寻找敌人的踪迹，忍受各种卑贱的环境，但永远落后两个逃亡者一步。他到圣彼得堡时，他们已经去了巴黎；他到了巴黎，才获知他们已经去了丹麦首都哥本哈根；他赶到哥本哈根时还是晚了几天，因为他们已经去了伦敦，最后他终于在伦敦成功地赶上他们。至于接下来发生了什么事，我们来看看在华生医生回忆录里，这位老猎人的自述。

6 约翰·华生医生回忆录续篇

这位犯人尽管奋力抵抗，但并未表现出什么恶意，因为他发现自己无能为力之后，脸上突然露出和善的微笑，并且一副希望没有在打斗中伤到我们任何一个人的样子。"我猜你会带我到警察局，"他对福尔摩斯说，"我的马车在门口，如果你把我的脚松开，我会自己走下去，我比以前胖多了，没那么好抬。"

格雷格森和雷斯垂德互相看了一眼，不约而同地认为这是一个过分的要求，但是福尔摩斯马上照着犯人的话做，将我们绑在他脚踝上的毛巾松开。他站起来伸展双脚，像是想证明自己又能活动。我记得那时候我看着他，心想我很少见过比他更魁梧强壮的人，他那被阳光晒得黝黑的脸颊，给人一种坚定和精力旺盛的感觉，和他无限的体力一样让人惊讶和畏惧。

"如果现在警察局长职位空缺，我想你是不二人选，"他一边说一边盯着福尔摩斯看，毫不做作地赞美他，"你跟踪人真有一套。"

"你们最好跟我一起去。"福尔摩斯对两个侦探说。

"我来驾车。"雷斯垂德说。

"太好了！那格雷格森可以和我一起坐在车里。医生，你也一起来，你对这个案子蛮有兴趣的，一起走吧！"

我欣然同意，于是所有的人一起出发。我们的嫌疑人不再试图逃跑，异常镇定地上了他自己的马车，我们在他后面上了车。雷斯垂德坐上车夫的位置，抽动马鞭，带着我们迅速地朝目的地而去。接着我们被带进一个小会议室，一个警察在那里记下犯人的名字，以及涉嫌被他谋杀的人的名字。问话的警察脸色苍白，毫无表情，审问的方式也很机械。"你会在一星期内被带到法庭推事面前，"他说，"杰弗逊·霍普先生，你有什么话要说吗？我必须警告你，你说的话将被记录下来，而且可能会对你不利。"

"我要说的话可多了，"他慢吞吞地说，"我想将整件事情的来龙去脉全都告诉你们。"

"你不想留到法庭上说吗？"警察问。

"我可能永远也上不了法庭，"他回答，"你不用看起来那么惊讶，我不是想自杀。你是医生吗？"他问这个问题时，突然用凶悍而深邃双眼看着我。

"是的，我是医生。"我回答说。

"那把手放在这里。"他面带微笑地说，用那双被铐起来的手指向自己的胸膛。

我照他的话做，马上意识到手掌下方是罕见的不规律心跳。他的胸膛像是一个摇摇欲坠、颤抖着的脆弱的建筑物，但是一个强劲的引擎正转动着。在这寂静无声的房间里，我甚至可以听见从手掌下方传出的模糊心跳声和嗡嗡的细微噪音。

"什么，"我叫出来，"你有动脉瘤！"

"别的医生也这么说，"他平静地说，"我上星期去看过医生，他告诉我再过不久动脉瘤就会爆开。这几年我的身体越来越糟，原因是在盐湖城山区遭受阳光过度曝晒以及长期营养不良。我已经把该做的事情完成了，不在乎到底什么时候走，但是我希望在我死后，这件事情有完整的记录，我不希望后人只记得我是一个寻常的杀人犯。"

负责做笔录的警察马上和雷斯垂德、格莱格森快速讨论能不能将他的故事公诸于众。

"医生，你认为情况真的很紧迫吗？"做笔录的警察问我。

"真的非常紧迫。"我回答道。

"如果是这样，为了方便审判，我们必须将他所说的做成笔录，"警察说，"先生，你现在可以随意说你想说的话，但我已经警告过你，你说的所有话都会被记录下来。"

"容我冒昧地坐下来，"他说，立刻坐下，"动脉瘤让我很容易疲倦，半个小时前的那场打斗让我的身体变得更糟糕了。我现在是个行将就木的人，不可能对你们说谎。我所说的每句字都是实话，至于你们怎么看待我说的话，对我已经完全没有意义了。"

霍普一边说着一边靠在椅子上，开始作以下声明。他的语气很平静，有条不紊，好像他讲的只是一件再平凡不过的事。我可以对以下内容的准确性作担保，因为我看过雷斯垂德的笔记本，里面所记载的，的的确确是他亲口说的一切。

"我为什么会恨这两个人，对你们来说并不重要，"他说，"他们杀害了两个人——一个父亲和一个女儿——他们是有罪的，所以他们必须偿命。他们犯下的罪行已经过去了太久，任何法庭都不可能将他们定罪，但是我很清楚他们犯下的罪，因此决定兼任法官、陪审团、刽子手三重身份。你们如果是我，你们如果还有点人性，也会和我做出同样的决定。

"我刚才提到的那个女孩，本该在二十年前嫁给我。但她被强迫嫁给德雷伯，最后抑郁而死。我从她的尸体上拿下结婚戒指，发誓一定要让德雷伯死的时候看着这枚戒指，让他在死前的最后一分钟，心里想到的是他因犯下罪行而受到了应有的惩罚。我一直将戒指带在身上，跟着他和帮凶穿过两个大陆，直到英国才抓住他们。他们想让我疲于奔命，打消跟踪的念头，但是我没有。我很有可能明天就会死去，但这没关系。我知道我已经完成了在这个世界上该做的事，而且做得漂亮，我可以安心了。他们已经死了，而且是我亲手杀的。我对人世间已经没有期待，或者说欲望了。

"他们很有钱，可是我很穷，所以我一路跟踪他们是很艰难的事。我到伦敦时，口袋里没剩下几毛钱。我心想我得找个工作养活我自己。骑马和驾车对我来说像走路一样容易，所以我到一个出租马车公司面试，马上就有了一份工作。每个星期我必须将固定数目的车资交给老板，剩下的不管有多少，都归我自己。通常剩下的都不多，不过反正我也只求个温饱而已。这份工作最困难的部分是找路，因为我发现在所有城市里，伦敦的路是最复杂的，不过我有一张地图，每次我只要看到主要的车站或旅馆，就不会迷路。

"我找了很长时间都没有找到这两个人的住处，不过我一直问，一直找，最后终于找到了。他们住在泰晤士河对岸坎伯韦尔的一套公寓里。我知道他们从今以后将任我摆布，因为我留了胡子，他们绝不可能认出我。我一直跟踪他们，寻找机会下手。我下定决心，绝对不能再让他们跑掉了。

"他们的确在躲我,在整个伦敦市搬来搬去,但他们已经被我牢牢盯住。我有时候驾马车跟,有时候走路跟,但驾马车跟效果更好,因为他们走不出我的视线范围。我只能在清晨和深夜做生意,欠了老板钱。但是我不在意,我只想对这两个人复仇。

"可是他们非常狡猾。他们想到了自己可能会被跟踪,因为他们俩从不单独行动,也从不在天黑后出门。整整两个星期,我每天跟在他们后面,从没看到他们俩分开过。德雷伯大部分时间都处于醉醺醺的状态,但斯坦格森始终保持高度警戒,从来不打瞌睡。我从早到晚监视他们,但一直找不到机会下手。但我并没有气馁,因为我知道时候快到了,我唯一害怕的是胸腔里的这东西可能会提早发作,坏了我的计划。

"一天傍晚,我驾车在他们住的托基路附近转悠,看见一辆马车来到他们家门口,而后行李被提了出来,接着德雷伯和斯坦格森出来,坐上马车走了。我驾着马车跟上去,一路上让他们在我的视线范围之内,但是我心里非常不安,因为我怕他们要搬家。他们在尤斯顿车站下车,我请一个男孩替我看着马车,我则跟着他们到月台去。我听到他们说要到利物浦,警卫跟他们说那班车已经走了,而且下一班几个小时才会出发。斯坦格森听到这个消息似乎显得非常烦恼,但德雷伯看起来很高兴。四周一片嘈杂,我离他们非常近,所以能听清楚他们的对话。德雷伯说他有一点私人的事情要处理,还说如果斯坦格森愿意等,他会很快跟他会合。斯坦格森提醒他说,他们两人说好要形影不离。德雷伯回答说这是一件相当重要的事情，而且他必须一个人去办。我没听见斯坦格森接下来说了什么，只听到德雷伯接着对他一阵咒骂，还提醒斯坦格森，他不过是一个领他薪水的仆人，不应该对主人下命令。秘书没有坚持，只有冷淡地告诉他，如果他错过了最后一班火车，就到哈利迪私人旅馆跟他会合。德雷伯只回答说他会在十一点以前回到月台上，然后一个人离开。

"我等待多年的那一刻终于来临，此时我的敌人完全在我的掌控之中。他们俩在一起时可以互相保护，但分开后就完全任由我摆布了。然而，我并没有鲁莽地采取行动，我早就安排好计划。复仇行动的最高境界，就是让罪犯有时间知道是谁要报复他，以及为什么。我的计划可以让这两个不小心的人知道，他们终究还是要为曾经犯下的罪行受到惩罚。凑巧的是，几天前坐我的车在布里克斯顿街上查看房子的男人，将房门钥匙落在我的马车上，当天傍晚那个人就把钥匙拿了回去，但是我已经复制了一把一模一样的。有了这把钥匙，在这个大城市里至少有一个地方可以让我安静办事、不会被人打扰。至于怎样把德雷伯带到那栋房子去，仍然是个有待解决的难题。"

"他在马路上走着，进了几家酒吧，在最后一家待了将近半个小时。他从酒吧出来时步伐蹒跚，显然喝得挺愉快。当时我前面有一辆马车，于是他坐进去。我紧紧地跟着他，我的马的鼻尖始终距离他的车夫只有不到一码的距离。我们经过滑铁卢桥，在街上走了好几英里。最后我惊讶地发现，我们又回到先前他离开的那条路上。我怎么也猜不到他回到那里的目的是什么，但是我还是跟上去,在距离那座房子一百码的地方将马车停住。他走进屋里,马车随后离开。可以的话,请给我一杯水,我嘴都说干了。"

我给他一杯水,他一口气喝掉。

"这样好多了,"他说,"嗯,我在那里等了十五分钟或者更久。突然屋里传来打斗的声音。随即门打开,出现两个男人,其中一个是德雷伯,另一个是一个我从没见过的年轻小伙子。小伙子抓着德雷伯的衣领,两个人来到门前台阶的最上层时,他狠狠地推德雷伯一把,还踢了他一脚,德雷伯跌到马路的正中间。'卑鄙下流的小人!'他大叫,对着德雷伯摇晃着手里的木棒,'我要教训教训你,你居然敢侮辱良家妇女!'他当时好气愤,我以为他会用木棒痛打德雷伯一顿,但是德雷伯那个混蛋已经站起来跌跌撞撞地跑走了。他跑到街角,看见我的马车,立即大叫一声,跳进车里。'载我到哈利迪私人旅馆。'他说。

"我看见他好端端地坐在我车里时,兴奋得心跳加速,但也很担心在这最后一刻动脉瘤会发作。我慢慢地驾着车,心里盘算着接下来该怎么做。我想把他载到郊外,在没有人烟的地方跟他进行一次谈话,然后杀了他。我几乎决定这么做时,他突然替我解决了难题。他酒瘾又发作,叫我把车停在一个杜松子酒馆外,他走进去之前,嘱咐我等他出来。他一直待到酒馆打烊,出来时醉得几乎不省人事,我知道自己已经胜券在握。

"不要以为我只想随便杀了他了事,这样做只是死板地执行公正的审判而已。我很早以前就决定给他一个机会,如果他能抓住这个机会,他还有生还的希望。我在美国流浪时,在约克大学的实验室当过管理员兼清洁工。一天一个教授在课堂上讲解毒药,他拿了一些所谓的生物碱给学生看,说这是他从南美人的毒箭上萃取出来的,还说其毒性无比强大,人只要服用一点点马上就会死掉。我记住装毒药的罐子,所有人都离开后,我跑去拿了一点点。我曾经是配药高手,我将这些生物碱做成水溶性的小药丸,将一颗毒药丸和另外一颗外表相同、但没有毒性的普通药丸装在一起,放在一个小盒子里。我那时下定决心,我找到仇人之后,要叫他们每一个人从盒子里任选一颗吞下去,然后我自己吞下另外一颗。这种方法会让仇人瞬间死亡,而且比隔着手帕开枪安静许多。从那天起我一直将小药盒带在身上,现在我终于有机会用了。

"将近午夜一点时,街道上冷清萧瑟,吹着狂风下着骤雨。尽管那是一个阴沉的夜晚,但是我内心欣喜无比,我高兴得几乎想要大叫。在座各位如果盼了一件东西二十年之久,某一天突然发现那东西近在咫尺,你们就能体会我的感受。我点燃雪茄,抽了一口镇定情绪,但是我的双手在发抖,太阳穴处因为兴奋激烈地跳动着。我驾车时,看见老约翰·费里尔和我可爱的露西,他们在黑暗里看着我,对我微笑,那幅景象就像我现在看着你们一样鲜明。一路上,他们各占据马的一侧,在前方引导着,直到我在布利斯顿路上的那栋房子前停下来。

"当时街上一个人也没有,除了雨声之外,没有其他声响。我从窗户看进去时,发现德雷伯蜷缩着身体醉得睡熟了。我摇摇他的手臂,'该下车了。'我说。

"'到啦,车夫。'他说。

"我猜他以为我们到了他说的那个旅馆,因为他一句话也没说就下了车,跟着我走进花园。我必须扶着他,因为他还没有完全醒酒。我们来到门口,我把门打开,带他进前厅。我跟你们保证,这一路上那对父女一直走在我们前面。

"'这里真是黑啊!'他说,一边在屋里走来走去。

"'我们马上就会有光线了。'我说,划了一根火柴,将我带来的蜡烛点燃。'听着,伊诺克·德雷伯,'我转向他继续说,将蜡烛拿到我的脸旁边,'我是谁?'

"他醉眼蒙眬地盯着我看一会儿,眼睛中渐渐有了恐惧,接着他全身颤抖。我知道他认出我了。他脸色变得青黑,踉跄退了几步。然后我看见他眉边渗出汗来,牙齿不停地咔嗒咔嗒响。我背靠着门,看着他,狂笑了好长一段时间。我知道报仇的感觉很不错,但没想到这样令人痛快。

'你这个畜生!'我说,'我从盐湖城一直追到圣彼得堡,每次都被你跑掉。你以后不用再逃了,因为今天晚上,不是你死就是我活。'我说话时,他仍然吓得一直往后退。我从他的表情看得出他以为我疯了,其实当时我真的疯了。太阳穴跳动不止,就像有人拿着铁锤不停地敲击它一样。我流鼻血了,但我觉得这正减轻了我身体的负担。我深信,如果不是因为流了鼻血,我的病当时肯定发作了。

"'你觉得露西现在怎么样了?'我吼道,将门锁上,拿着钥匙在他眼前晃啊晃,'惩罚也许来晚了点,但你终究还是躲不过。'我说话时看见他因为胆怯嘴唇止不住地颤抖。他大可以求我放他一条生路，但是他明白无论怎么求饶都是徒劳。

"'你会杀我吗？'他结结巴巴地说。

"'我不会杀你，'我回答，'谁会杀一条疯了的野狗？你杀害我心上人的父亲，将她强行拉走，强迫她屈辱地做你的小老婆时，你有一丝怜悯吗？'

"'她父亲不是我杀的。'他大声叫道。

"'但你伤了她无辜的心，'我尖叫道，将小药盒拿到他面前，'现在，就让上帝在我们当中选择一个。你拿一颗，然后吞下去。这里面一颗是死亡，一颗是活命。你拿一颗后，我会吃掉剩下的那一颗，让我们看看这世界上到底有没有公理，还是我们其实一直都被命运摆布。'"

"他大叫一声躲开，向我求饶，可是我拿出刀子架在他的喉咙上，直到他吞下药丸。然后我吞下另外一颗。我们两个静静地面对面站了一分多钟，等着看到底谁生谁死。我永远也不会忘记，他开始感到痛苦、意识到自己吃下的是毒药时，他脸上的表情。我看着他大笑，把露西的结婚戒指拿到他的眼前。但这只是一瞬间的事，因为生物碱的毒性发作得非常快。他的身体因为痛苦一阵痉挛，他将双手伸得直直的，脚步蹒跚，跌跌撞撞，最后发出一声嘶哑的叫喊，重重地跌在地上。我用脚将他翻过来，把手放在他的胸前，没有心跳。他死了！

"我的鼻子正在流血，但是我并没有注意到。我不知道自己当时为什么想要用鼻血在墙上写字。也许是调皮心态作祟，想借此误导警方的判断，因为当时我感到轻松又愉快。我记得纽约的一个德国人被杀后身上写着'RACHE'这个词，各大报纸都猜测谋杀可能是秘密组织所为。我心里想，既然纽约人会被这个词搞得团团转，伦敦人应该也会。所以我用手沾上自己的血，在墙上找了块合适的地方写下这个词。然后我走到马车旁，发现路上仍旧空无一人，夜晚还是那样静谧。我驾车走了一段路后，将手放进一向放着露西戒指的口袋里，发现戒指不见了。我当时吓了一大跳，因为那是我唯一一件关于她的纪念品。我想到戒指可能在我对着德雷伯身体弯腰时掉的。于是我折返，将马车停在一条小路旁。我大胆地走向那栋房子，因为我想不惜任何代价拿回那枚戒指。我到了那里之后，正好碰上一个刚从里面走出来的警察。我为了不让他对我有所怀疑，只好假装是个醉鬼。

"这就是伊诺克·德雷伯的故事。我接下来该做的事就是找到斯坦格森，用相同的手法，让他还约翰·费里尔的命。我知道他住在哈利迪私人旅馆，我在旅馆附近转了一整天，但始终没见到他出来。我那时想，德雷伯没有依约出现，他一定猜到出了什么事。斯坦格森是一个很狡猾的角色，永远保持高度警戒。他如果以为只要待在旅馆就不会被我找到，那真是大错特错。没多久我就知道他住的是哪个房间了。第二天天还没亮，我利用旅馆后巷子里的一个梯子，爬进他的房里。我叫醒他，告诉他杀人偿命的时候到了。我将德雷伯死亡的过程说给他听，拿出小药盒让他选择。结果他竟然放弃一半的活命机会，从床上跳起来扑向我，抓住我的喉咙。我为了自卫，用刀子刺进他的心脏。我想不管如何结果都是一样的，因为他如果不是被刺死，上帝还是会让他选择毒药，因为他有罪。

"该说的快要说完了,我已经非常疲倦。我第二天回到工作岗位,希望靠做马车夫赚够钱回美国。我站在停车场等生意上门时,一个穿着破烂的小鬼跑来问我,这里是不是有个马车夫叫杰弗逊·霍普,还说住在贝克街二二一号B的一位先生要叫他的车。我在他说的那个地方附近绕了几圈,感觉没有危险后便上了楼,接下来就是眼前这位年轻人用手铐把我铐起来,我一辈子从来没有被人这样绑起来过。先生们,这就是我所有的故事。你们也许会把我当成谋杀犯,但我个人认为,我和你们一样,也是主持正义的警察。"

这个人讲的故事令人毛骨悚然,而且他的表情极为生动,我们所有的人都集中精神静静地坐着听。在场的几位熟知各种犯罪情节的专业侦探,也都津津有味地听着他说故事。他说完后,我们所有人呆坐了几分钟,直到被雷斯垂德做速记结尾的铅笔沙沙声惊醒。

"只有一点我还需要你解释解释,"福尔摩斯终于开口说话,"我登广告后,来拿戒指的共犯是谁?"

他戏谑地对着我的朋友眨眨眼。"我可以告诉你们我的秘密,"他说,"但是我不会把别人牵扯进来。我看见你的广告,心想那可能是个陷阱,也有可能真的是我的戒指。我的朋友说他愿意帮我去看看,我想你会承认他做得很漂亮。"

"的确是没话说。"福尔摩斯诚恳地说。

"那么,先生们,"这位雷斯垂德严肃地说,"一切按照法律程序来。疑犯星期四会被带到法庭推事面前,你们都必须出席。在那天之前他由我负责。"他摇了铃,接着杰弗逊就被两个警察带走了。福尔摩斯和我离开警察局,叫了一辆马车回到贝克街。

7 结　论

所有的人都被告知星期四必须出庭，但星期四到来时，我们并未出庭。一个级别更高的法官接手了这件案子，这位法官将对杰弗逊·霍普做出最公正的判决。但被捕当天晚上，他动脉瘤发作，第二天早上被人发现直直地躺在牢里的地板上，平静的脸上带着微笑。他在临终前一刹那也许回顾过这没有虚度的一生，为大仇得报感到欣慰。

"格雷格森和雷斯垂德听到他的死讯一定会很生气，"第二天傍晚我们聊天时，福尔摩斯说，"他们大放光彩的机会就这样没了。"

"我不认为他们俩跟他的被捕有任何关系。"我回答说。

"如果不能让人相信你做的事情，"福尔摩斯恨恨地说，"你在这个世界上做的事便毫无意义。算了。"过了一会儿，他稍微开朗些了，说，"我无论如何都不会放过这次调查机会的，在我的记忆里，没有比这更好玩的案子。虽然它很简单，但是有些可以作为经验的地方。"

"简单！"我大声说。

"嗯！我想，找不到别的字眼来形容了。"福尔摩斯说道，看到我满脸惊讶便微微一笑，"事实证明这的确不是一件困难的案子，我只进行一番平常的推理，没有任何人帮助，在短短三天之内就抓到了罪犯。"

"你说得没错。"我说。

"我已经对你说过,异乎寻常的事物通常都是线索而不是阻碍。要想破这一类的案子,最重要的是一层层回溯推理。这是一个很有用而且很简单的技巧,但是人们却不常用它。大部分人通常习惯向前思考,因为比较实用,所以容易忽略了另一种思考模式。每五十个能够做综合性推理的人当中,只有一个可以做解析性的推理。"

我说:"老实说,我不太懂你的意思。"

"我猜你也听不懂,我再解释得清楚一点。大多数人可能是这样:你把一系列事件讲述出来后,他们会告诉你可能的结果是什么,因为他们可以在脑子里把所有事件联系起来,经过思考得出什么结果来。但是如果你先说出结果,很少有人能通过意识推导出产生这个结果的一连串事件。这就是我所谓的回溯推理或者解析性推理的奥妙所在"

"我了解了。"我说。

"这就是个先有结果的案子,你必须自己去发现其他的一切。现在我来向你从头讲一遍我的推理的各个步骤。如你所知,我是步行接近那栋房子的,心里没有任何先入为主的想法。我自然先从路开始观察。我已经跟你解释过,我在路边看到马车的痕迹。我仔细检查后,很确定那是前一晚留下来的。我很庆幸那是一辆出租马车,而不是轮距较窄的私人马车。普通的伦敦旧式马车比厢型马车要窄一点。

"这是我观察得到的第一个重要信息。然后,我慢慢地走在花园的小径上，恰巧这是条泥土路，特别容易留下痕迹。对你来说，那只是一条被踩得乱七八糟的烂泥路，但是在我受过训练的眼睛看来，路上的每一个印记都有意义。在侦探学里，调查脚印算是最高深最重要、但也最常被忽略的一门学问。我很庆幸自己一直很重视这门学问，而且不断练习，使用它已经成为我的第二本能。我看到警察很重的脚印，但也看到两个更早走过花园的男人脚印。很容易知道他们两个人比任何人都早去那里，因为他们的脚印完全被后来的人脚印盖住了。于是我又有了第二个线索，也就是夜里有两个人来到此处，其中一个相当高大（从他的脚步间距算出来的），另外一个衣装得体，这是从一双小巧精致的靴子留下来的脚印判断出来的。

"我进屋以后，先前的推论马上得到证实。那个穿着靴子的人就躺在我面前，如果这是一桩谋杀案，那个高个子就是凶手。死者身上没有外伤，但从他脸上狰狞的表情来看，他在死前就已知道自己的命运。死于心脏疾病或任何其他突发意外的人，脸上绝对不可能有那种可怕的表情。我在死者的嘴唇边闻到一点酸酸的气味，因此我推断出，他是因为被迫吃下毒药而死的。我会说他是被强迫的，也是因为他那愤恨和恐惧的表情。我排除了一切不合理的假设，得出了这个结论。不要以为这是异想天开，强迫服毒，在犯罪史中早已有之，不是什么新鲜事。任何毒物学家知道了这个案子，马上就想到敖德萨的多尔斯基案，蒙波利埃的拉多瑞尔案。

"下一个问题就是动机。行凶目的不是抢劫，因为死者身上一件东西也没少。是因为政治吗？还是因为女人？这是我要解决的问题。我比较倾向后一个动机。政治刺客办完事后，通常会尽快离去，但这位凶手下手前从容不迫，现场到处都留下了他的足迹，说明他在那里待了很长时间，所以动机一定是私人恩怨，而不是政治因素。这是有计划的复仇行为。我发现墙上的题字之后，更加相信自己的推测是正确的。因为我一眼就能看出那是误导。我发现那枚戒指时，对动机已经有定论了。显然凶手用戒指让死者想起一个死去或者不在场的女人。我想到这里，便问格雷格森有没有在发给克里夫兰的电报上，问及德雷伯在美国的职业。你记得吗，他回答没有。

"接下来我仔细检查房间，推断出凶手的身高以及其他琐碎的线索，比如特里奇努波里雪茄以及指甲的长度等。于是我得出一个结论，既然现场没有打斗的痕迹，那么地上的血迹一定是凶手因为过于激动而流的鼻血。我又发现，有他足迹的地方都有血迹。这个人身上的血肯定很多，因为很少有人会在激动时流这么多鼻血，因此我大胆假设凶手应该是一个强壮而且脸色红润的人。后来发生的事证明我的推论全都正确。

"我离开那栋房子后，继续做格雷格森忽略的事情。我发了封电报给克里夫兰市的警察局长，只询问了伊诺克·德雷伯的婚姻问题，得到的答案和我想的一样。回电说德雷伯已经申请法律保护，以免受到旧日情敌杰弗逊·霍普的骚扰，而这位霍普先生目前人在欧洲。到这里我已经掌握整件悬案的主要线索，接下来要做的事就是找到凶手。

"我心里已经有了结论：和德雷伯一起走进屋里的人，正是那个赶马车的。从马路上的痕迹看得出来，那辆马车在房子周围漫无目的地四处徘徊了一段时间，这说明车夫当时不在车上。他除了在房子里，还能在哪儿呢？而一个神智清醒的人精心策划之后，是不可能在有可能泄密的第三者面前行凶的。所以车夫必定就是凶手。而一个人想要在伦敦市跟踪另一个人，还有比马车夫更好的掩饰身份吗？通过以上推理，我得出另一个结论：杰弗逊·霍普一定伦敦的马车夫。

"如果他杀人时是车夫，我们有理由相信他短时间内仍然会是。因为他如果突然辞职不干，肯定会引起别人的注意。同时，我们也没有理由认为他会用假名，这个国家谁也不认识他，他为什么要用假名？所以我派出街头流浪儿组成的侦探队，让他们去伦敦的每一家出租马车公司，直到找到我要的人为止。我想你还记得他们是多么高效，我是多么迅速地采取了行动。斯坦格森之死完全出乎我的意料，但意外事件总是难免的。你知道，第二个案子发生后我才拿到那毒药，我早就该猜到一定有这种东西存在。你看，这个案子是个逻辑连续的链条，中间毫无间断。"

"太棒了！"我兴奋地叫道，"你的功劳应该公诸于世，你应该公开这件案子的调查过程。如果你不做，我来替你做。"

"你想要做什么就做什么，医生，"他回答说，"你看！"他继续说道，递了一份报纸给我，"你看这个！"

那是当天的《回声报》，他指着的那篇文章，写的是我们正在谈论的案子。

文章写道：

"霍普猝然离世，让大众丧失了一次观看一场好戏的机会。霍普就是谋杀伊诺克·德雷伯和约瑟夫·斯坦格森两人的嫌疑犯。我们可能永远无法知道案件详情了，但根据可靠消息来源，作案动机源于很久以前的情感纷争，涉及摩门教和爱情。两位死者年轻时都是摩门教徒，已经死去的在押嫌疑犯霍普同样来自盐湖城。这个案子也许并未引起多大关注，但它至少证明我们警察单位惊人的办事效率与高明的办案技巧。我们的警察给了外国人一个教训：你们今后有任何纷争，最好在自己的国家解决，不要企图将纷争带到英国境内。本案能在极短时间内被成功侦破，毫无疑问要完全归功于苏格兰场两位著名的警官，雷斯垂德先生和格雷格森先生。嫌犯是在一个叫做夏洛克·福尔摩斯的人家中被俘，福尔摩斯本身是个业余侦探，在这个案子中表现出了值得赞赏的侦探天分，他今后想必可以从两位优秀的警官身上学到更高明的破案技巧。可以预见的是，两位警官将会因为杰出贡献受到表彰。"

"我一开始就告诉过你，"福尔摩斯笑着说，"这就是我们'血字的研究'的结果，让他们俩受到表扬！"

"算了，"我回答，"我已经将所有事实全写在笔记里，社会大众迟早会知道真相。现在，你应该为自己的成功感到满意，就像那个罗马守财奴说的：

"'我自行其是，哪管他人笑骂。我独自享受万贯家财。'"